Henryk Silesius
Die Umkehr

AF289249

Der Autor als 20jähriger Kriegsgefangener im Hafenlager Noworossijsk.

Henryk Silesius

Die Umkehr

„SIEHE,
ich will mein Volk schmelzen
und prüfen.“
(Jeremia 9,6)

Ein Gefangenschaftsbericht 1945-1950

Henryk Silesius
Die Umkehr
1. Auflage 2004
Satz: Extrapost - Verlag für Heimatliteratur
PSF 1219 • 39252 Zerbst • Tel./Fax 03923-61477
www.extrapost.de.vu • extrapost_zerbst@gmx.de
Herstellung und Verlag: Books on Demand GmbH, Norderstedt

ISBN 3-8334-1940-7

Inhalt

Zur Entstehungsgeschichte des Buches 7

Der Rückzug 8

Die Kapitulation 16

Hinter Stacheldraht 22

Der Abtransport 25

Oderbeltsch (Juli 1944) 32

Im Spezialhospital Paschkowskaja 39

Bildteil 49

Im Waldlager Krimskaja 64

Im Hafenlager Noworossijsk 69

Im Kaukasuslager Krasnaja Poljana 90

Auf der Antifaschule Krasnodar 96

Heimkehr 103

Entlassung 109

Zehn Jahre später 113

Zur Entstehungsgeschichte des Buches

Zur Entstehung dieses Buches wurde in der Silvesternacht 1949/50 der Grundstock gelegt. Mir gelang damals, die winzig klein geschriebenen Tagebuchaufzeichnungen und Gedichte aus meinen Gefangenschaftsjahren durch die russische Grenzkontrolle in Brest zu bringen.

So konnte ich gleich nach meiner Heimkehr im Frühjahr 1950 einen handgeschriebenen Entwurf für mein Buch anfertigen. Doch dann mußte ich meine volle Konzentration auf das bald beginnende Studium richten. Auch der nachfolgende Berufsbeginn und die gleichzeitig erfolgende Familiengründung gaben mir nicht die Gelegenheit, die Arbeiten an meinem Buch fortzusetzen.

Es gelang mir jedoch später während eines dreiwöchigen Urlaubs im August 1960 eine handschriftliche erste Fassung herzustellen. Dies geschah als Gast der evangelischen Ordensgemeinschaft „Casteller Ring" auf Schloß Schwanberg in Unterfranken. Die Damen der dortigen Verwaltung schrieben mir auch eine erste Schreibmaschinenfassung.

Infolge der damaligen politischen Verhältnisse hielt ich es jedoch nicht für ratsam, mein Manuskript über die Grenze in die DDR mitzunehmen. So gab ich auf der Rückreise alles Niedergeschriebene meinem Schwager in Hannover zur Aufbewahrung. Dort hat das Werk fast 30 Jahre lang bis zum Zusammenbruch des SED-Regimes in Mitteldeutschland geruht. Dann erst konnte ich mich in sporadischen Arbeitsperioden an die Endfassung meines Gefangenschaftsbuches begeben.

Meiner Erstfassung auf Schloß Schwanberg im August 1960 hatte ich eine W i d m u n g vorangestellt, die ihre Gültigkeit behalten hat und weiterhin behalten wird. Sie lautet:

„Wenn ich nun zehn Jahre nach meiner Heimkehr 1950 aus den Erinnerungen meiner Kriegsgefangenschaft einiges niedergeschrieben habe, so geschieht es nicht, um altem Haß neuen Auftrieb zu geben. Es soll das leidvoll Erlebte vergangener Jahre im Gegenteil uns allen zur Mahnung und Warnung geschrieben sein.

G e w i d m e t seien diese Zeilen allen, die in den Jahren des Krieges und der Gefangenschaft menschlich am anderen Menschen gehandelt haben, sowie jenen, die bereit sind, dasselbe auch in kommenden Zeiten zu tun."

Henryk Silesius

Der Rückzug

Tiefverschneit in polnischer Landschaft liegt in der Silvesternacht 1944/1945 ein Lager des Reichsarbeitsdienstes. In den Baracken schlafen junge Arbeitsdienstmänner in das neue Jahr hinein. Sie haben am Silvesterabend tüchtig gefeiert. Im Anschluß an die übliche Goebbelsrede zum Jahreswechsel fand eine zünftige Sauferei statt. Tonangebend dabei waren die Arbeitsdienstführer und Unterführer. Doch nun liegt das Lager still und verträumt in der Winternacht. Nur im milchigen Licht des Vollmondes bewegen sich die vermummten Gestalten zweier Wachtposten hin und her, her und hin. Zwei Kinder sind es eigentlich noch, deren schwere Filzstiefel unablässig durch den Schnee knirschen.

Vor wenigen Wochen erst haben sie daheim die Schulbank gedrückt oder gerade ihre Lehrzeit beendet. Dann hat man sie zum Arbeitsdienst einberufen. Sie haben Abschied genommen von Familie, Schule oder Betrieb, die einen schweren, die anderen leichteren Herzens. Sie ahnen noch nicht, daß dieser Abschied von Heimat und Mutter für viele der letzte gewesen ist. Auch unsere beiden Wachtposten hatten wohl ein paar Minuten ihre Nasen am Fenster des Eisenbahnabteils plattgedrückt, als sie bei der Fahrt in die Ferne ihre Heimatstadt immer weiter schwinden und schließlich ganz im Dunst des Morgens versinken sahen.

Aber dann war bald wieder die unter jungen Leuten allgemein zu findende sorglose Stimmung zurückgekehrt und man hatte sich bis zum Ziel der Reise auf mancherlei Weise vergnügt. Auch das neue, militärische Leben im Lager war längst noch nicht von dem Ernst der allgemeinen Lage an den Fronten geprägt. Wie hatten diese jungen Leute noch kurz vor Weihnachten übermütig gebrüllt und gejubelt, als ihnen der Lagerführer von der überraschenden Ardennen-Offensive der deutschen Divisionen berichtete. Es wurde dann nicht so tragisch genommen, daß diese Offensive schließlich stecken bleiben mußte. Die wirkliche Ausweglosigkeit der militärischen Lage zum Ende des Jahres 1944 wurde von den Arbeitsdienstmännern und wohl auch von ihren Führern nicht voll erkannt. Man stand ja noch tief in Polen. Der Russe sollte nur kommen! Und im übrigen waren noch die V-Waffen da.

Wie hieß doch gleich der Kehrreim des Liedes, das die Arbeitsdienstkolonnen in diesen Tagen immer wieder gesungen haben?

„... und die Handgranate griffbereit, Bolschewiki, kommt mal her!"

Nun, vorerst ist vom Russen noch nichts zu sehen. Die Front liegt noch weit im Osten, am Bug. Abgesehen von vereinzelten Fliegeralarmen, ist im westlichen Polen noch nicht viel vom Krieg zu spüren; auch nicht in jener Silvesternacht.

Die beiden Posten im RAD-Lager haben ihren Dienst hinter sich. Es hat sich nichts ereignet. Das kostbarste Stück im Lager, ein notgelandeter „Fieseler Storch", steht unversehrt auf dem Exerzierplatz.

Das Mondlicht gleitet über die mit schlafenden Menschen belegten Baracken. Nun werden auch die Wachtposten abgelöst. Sie klopfen den Schnee von den Stiefeln und treten in das warme Wachlokal. Hier gibt es noch heißen Punsch. Langsam legen sie ihren ganzen Mummenschanz beiseite: Karabiner, Stahlhelm und Gasmaske. Auch die dicken Pelzhandschuhe und Filzstiefel werden abgelegt und all das, womit das Gesicht bis auf Augen und Nase dicht verpackt gewesen ist. Nun sieht man es deutlich: Es sind Kinder, die sich da aus ihrer kriegerischen Verpackung herausgeschält haben und nun nach zwei Stunden Wachdienst durchgefroren nach dem heißen Silvesterpunsch greifen und gierig davon schlürfen. Prost Neujahr Prosit Neujahr 1945!

Am Nachmittag des 20. Januar liegen die jungen Arbeitsdienstmänner auf ihren Feldbetten in den Baracken oder vertreiben sich anderweitig die Langeweile. Vormittags sind sie zu einer der üblichen Schießübungen hinausmarschiert. Manch einer war mittags wieder ins Lager gerückt, mit einem dienstfreien Nachmittag als Lohn für gutes Schießen. Dienstfreiheit bereitet den meisten Spaß, wenn die anderen währenddessen tüchtig exerzieren müssen. Aber heute kommen die guten Schützen mit ihrer Schadenfreude nicht auf ihre Kosten.

Die Mittagspause ist längst vorbei, und immer noch wartet alles auf neue Befehle. Einige spielen Karten. Die meisten aber liegen lang und dösen vor sich hin. Sonst wird oft über den vielen Dienst geflucht. Doch nun, da auf einmal freie Zeit vorhanden ist, weiß keiner etwas Rechtes damit anzufangen. Am besten ist es, man träumt. Von Weihnachten vielleicht, das hinter einem liegt. Man hat die Feiertage herumgekriegt. Das bißchen Heimweh war schnell verflogen.

Toll war ja auch der Ausmarsch am Morgen des 24. Dezember. Die Kolonne war gerade am Lager des weiblichen RAD angelangt und alle machten schon lange Hälse, da mußte doch dieser dumme Befehl zum Aufsetzen der Gasmasken kommen; natürlich zum Gelächter der Arbeitsmaiden hinter dem Zaun!

Es war übrigens eine Gemeinheit der Führerschaft, den Jungen so die Freude zu verderben. Die Herren Führer und Unterführer werden wohl alle das Weihnachtsfest mit ihrer Holden... – Da fliegt die Tür auf. „Alles raustreten!!" Erschrocken springen die Jungen von ihren Betten. In Sekundenschnelle stehen sie vor den Baracken angetreten. Nun jagt ein Appell den anderen. Drillichzeug und Ausrüstungsstücke werden auf der Kammer abgegeben, hernach wieder ausgegeben und zum Schluß doch wieder abgegeben. Ein tolles Affentheater ist losgebrochen. Aber dieses Theater ist nicht inszeniert und vorbereitet. Es kommt über das RAD-Lager und jeder muß mitspielen, ob er will oder nicht. Sämtliche Küchenkessel werden angeheizt. Es wird gekocht, wie vor einer Hungersnot. Aktenstöße werden aus der Verwaltungsbaracke in die Mitte des Lagers geschleppt. Melder flitzen wie wild hin und her. Als die Dämmerung einbricht, ergeht der Befehl: „Tornister feldmarschmäßig packen und in der Küche Proviant abholen!" Nun merken auch die Schwerfälligsten, was die Glocke geschlagen hat. Das Abendessen wird schweigend eingenommen. Hernach versammeln sich die einzelnen Gruppen in ihren Unterkünften. Die Spinde sind leer, die Tornister vollgepackt. Da kommen mit einem Mal die Unterführer in jede Baracke und geben einen Bericht zur Lage: „Kameraden! Der Russe ist an mehreren Stellen der Ostfront durchgebrochen. Wir räumen noch heute nacht das Lager und setzen uns in Richtung Westen ab. Es bleibt alles beisammen. Keiner verläßt mehr die Baracke!"

Betretene Stille herrscht im Raum. Der Russe durchgebrochen? Einige wollen schon gehört haben, daß russische Panzer bereits in Lodz und Krakau stehen. Alles hockt wie vom Donner gerührt auf Schemeln und Feldbetten. Was soll nun werden? Wie lange dauert noch dieses langweilige Warten? Es müßte doch schon losgehen, sonst sitzen wir alle in der Mausefalle! Lauschend richten sich die Ohren hinaus in die Winternacht. Gefechtslärm ist noch nicht zu hören. Vielleicht ist alles halb so schlimm. Vielleicht machen sie mit uns nur eine Generalprobe für den Ernstfall. Ja, ja, wie im Theater ist das hier. Da ist auch erst eine Generalprobe, bevor es richtig losgeht...

Doch nun ist es richtig losgegangen. Nur, daß hier Generalprobe und Premiere auf einen Tag, ja auf eine Stunde fallen: auf die Mitternachtsstunde vom 20. auf den 21. Januar 1945. In langen Kolonnen verlassen die Arbeitsdienstmänner ihre Lager. Hinter ihnen wird in einer steilen, feurigen Lohe alles Aktenmaterial zum Himmel gejagt. Jungen, da fliegt euer Lager in die Luft, da flattern wie schwarze Vögel eure verbrannten Personalbögen durch die Nacht! Und ihr, gleicht ihr nicht selber aufgescheuchten Vögeln? Wie ihr alle dahinhastet, schnell, schnell, um nur nicht in die Hände der Russen zu fallen. Wo sind jetzt eure Gedanken? Ihr, die ihr dahineilt, durch den Schnee der Straße stapft und torkelt. Wie das alles schiebt und stößt und drängt. Jetzt ist ein Bahnübergang erreicht. Da fällt einer über die glatten Schienen hin. Laß liegen! Sieh' zu, wie du weiterkommst, der Russe ist hinter uns her!

Hinter den Eisenbahnschienen eine Chaussee. Auf ihr bewegt sich ein schwarzer Menschenstrom; er nimmt den Zufluß aus dem RAD-Lager auf, verschluckt ihn. Nun beleuchtet der Mond ein phantastisches Bild. Aus allen Häusern und Wohnungen, aus allen Straßen, allen Dörfern und Städten quillt es hervor; ein schwarzer, unheimlicher Strom auf den verschneiten, im Mondlicht glitzernden Straßen. Ein Strom von Menschen; eine wahre Flut. Gibt es das, eine Sintflut von Menschen?

Ich bin erschöpft zusammengesunken und liege in einer Schneewehe am Straßenrand unter einem Baum, der seine kahlen Äste in die kälteknirschende Mondnacht streckt. Ich bin müde, spüre kaum den Tornister unter mir, bin furchtbar müde. Über mir greift der Baum in den Himmel hinein mit seinen Blütenzweigen aus Schneekristall. Wie schön das alles ist: die klare Sternennacht, der halbe Mond, der über mir steht... Eine Melodie fällt mir ein: „Von Apfelblüten einen Kranz leg' ich der Liebsten vor das Fenster in einer Mondnacht im April..." Doch diese Nacht ist keine milde Frühlingsnacht, und über mir schweben keine weichen, duftigen Apfelblüten, sondern eisige, hartgefrorene Schneekristalle. Und ich bin nicht daheim in dem herrlichen Park im Süden meiner Heimatstadt, sondern liege hier am Rande einer verschneiten Straße in Polen. Wo sind nur die anderen? Ich habe mein Möglichstes versucht. Habe 80 Pfund auf meinem Rücken kilometerweit geschleppt. Unterwegs habe ich dann meinen Zivilmantel und mein zweites Paar Schuhe auf einen vorbeifahrenden Wagen im Treck geworfen. Aber dann war es auch mit einem Mal vorbei.

Als ich die Augen wieder aufschlug, fand ich mich in dieser Schneewehe. Wie schön es sich hier liegt. So warm, fast wie zu Hause im Federbett. Auf der Straße ist alles still. Doch nein – aus der Ferne höre ich knirschende Schritte. Sollte das schon...? Hellwach springe ich hoch. Nein, Gott sei Dank, der Russe ist es nicht. Es sind zurückgebliebene Kameraden, mit denen ich nun, Tornister und Karabiner ergreifend, wieder weiterziehe, westwärts.

Es gelingt uns auch wirklich, den Anschluß zu bekommen. Schon fast im Morgengrauen haben wir die anderen wieder eingeholt. Sie sind in ein bereits verlassenes Barackenlager gezogen und schlafen nun in den Räumen und auf den Gängen, erschöpft von der großen Anstrengung. An einer Feuerstelle sitzen ein paar Kameraden und rösten Brot. Ich setze mich dazu, esse einige Bissen und schlafe auf der Stelle ein. Nach zweieinhalb Stunden ist es nicht leicht, mich wieder wachzumachen, aber es muß sein. Es geht weiter.

Auf dem weiten verschneiten Lagerplatz ist die Mannschaft angetreten. Die Zugführer machen Meldung beim Lagerführer. Fast aus jedem Zug fehlen einige junge Männer. Sie sind bei dem Gewaltmarsch in der Nacht verschütt gegangen. Aber jetzt kann nicht mehr gewartet werden. Das Marschziel für den heutigen Tag ist gegeben: Scharnikau. Dort soll sich am Abend alles einfinden.

Wieder beginnt der Menschenstrom nach Westen zu fließen. Die einen versuchen, wie bisher, zu Fuß das Ziel zu erreichen. Das Gepäck wird erleichtert. Stahlhelm und Gasmaske fliegen in den Schnee. Andere wiederum lassen sich im Treck der Zivilisten auf Panjewagen mitfahren. Rechts und links der Straße liegen umgestürzte Fahrzeuge, tote Pferde, hier und da auch ein erfrorener Mensch. Geflüchtete Frauen berichten, daß schon russische Panzer in solche Trecks gefahren sind und alles niedergewalzt haben. Auch Tiefflieger nehmen die flüchtenden Kolonnen gern aufs Korn. Also weiter, weiter, weiter. Keine Minute Zeit verlieren! Die matte Wintersonne beleuchtet an diesem Sonntagmorgen das Elendsbild der Flüchtlingszüge. Nur wenige Stunden und sie wird am Horizont versinken, um dem Mond die Beleuchtung der schauerlichen Szenerie zu überlassen.

Als die Nacht hereinbricht, treffen die ersten Arbeitsdienstmänner in Scharnikau ein und werden in eine leergeräumte Schule gewiesen. Nach und nach rücken auch die anderen ein. Doch bei der Zählung am nächsten Morgen vor dem Abmarsch stellt sich heraus, daß wieder einige zurückgeblieben sind. Die Stimme des Feldmeisters ertönt: „Kameraden! Das heutige Tagesziel heißt Filehne. Dort treffen wir uns heute abend. Es ist jetzt 8 Uhr. Jungens, haltet durch! Bleibt tapfer, beißt die Zähne zusammen! Der Russe soll euch nicht kriegen. Der Führer braucht euch noch. Auf Wiedersehen, heute abend in Filehne!"

Schweigend setzt sich die Kolonne in Bewegung. Am Abend dieses Tages stehe ich vor einer Gastwirtschaft in Filehne. Sie ist ausgeräumt, mit Stroh belegt und bereits mit RAD-Leuten überfüllt. Ratlos gehe ich in den Hausflur, um mich dort für diese Nacht niederzulegen. Da öffnet sich auf einmal im ersten Stock eine Tür und eine Frauenstimme ruft: „Ist da jemand?" Ich steige die Treppe hinauf und stehe im matten Licht einer Flurlampe jener Frau gegenüber. Sie mustert mich von oben bis unten und sagt dann in herzlichem, einladendem Ton: „Wollen Sie bei uns übernachten?" Froh und dankbar nehme ich die Einladung an und befinde mich bald in einer hellen, sauberen Küche, habe meine Siebensachen abgelegt und kann mich gründlich mit warmem Seifenwasser reinigen. Wie gut das tut! Wie freundlich doch diese Menschen sind! Kurze Zeit später sitze ich mit dem Ehepaar am Abendbrottisch. Die Frau erzählt von ihrem Jungen, der irgendwo an der Ostfront steht und etwas älter sein muß als ich. Wenn er es doch auch so gut hätte, am gedeckten Tisch zu sitzen! Die Leutchen fragen mich noch dies und jenes, doch bald merken sie meine große Müdigkeit und räumen mir ein Zimmer ein. Herrlich liegt es sich kurz darauf im weichen Federbett. Das ist etwas anderes, als im Hausflur zu kampieren. Wer weiß, wann ich das nächste Mal so warm und weich schlafen werde? Ich ahne in dieser Stunde nicht, daß es erst nach fünf Jahren sein wird. Vor dem Einschlafen gehen meine Gedanken noch einmal nach Hause. Heute war der 22. Januar. Morgen hat meine Schwester Geburtstag...

Ich wache am nächsten Morgen gut ausgeruht und ausgeschlafen auf. Der neue Tag blickt noch schwach und unbeholfen durchs Fenster. Wie spät mag es sein? Ach was, bleib noch liegen! Ein solches Erwachen wird dir so schnell nicht wieder geboten. Aber da klopft es schon an die Tür: „Guten Morgen! Wenn Sie jetzt aufstehen wollen, können Sie mit uns zusammen frühstücken." Na denn man los. Raus aus dem Bett und unter das kalte Wasser. Hernach sitzen wir zu dritt am Frühstückstisch. Die Kameraden wissen schon, daß ich hier oben bin und beneiden mich. Sonst ist aber alles ruhig. Anscheinend geht es heute erst später los. Während wir die Morgenbrötchen essen, hören wir auf die Nachrichten im Radio. Plötzlich bleibt mir der Bissen im Halse stecken, ich werde einen Augenblick blaß und meine Gastgeber merken es.

„Das Oberkommando der Wehrmacht gibt bekannt: An der gesamten Ostfront haben auch gestern wieder schwere Kämpfe stattgefunden. Zur Stunde stehen unsere Truppen in harten Abwehrkämpfen im Raum von Oels und Breslau..."

Das andere höre ich schon nicht mehr. Der Russe steht bereits in Schlesien. Das genügt mir. Meine freundliche Gastgeberin erfährt von mir, daß es meine Heimat ist, in der jetzt gekämpft wird. Tränen stehen in den Augen der Frau. Sie denkt an ihren Jungen. Wo mag er sein? Ob sie ihn jemals wiedersehen wird? Wie lange wird sie hier noch bleiben können? Mir ist jedenfalls noch eine Gnadenfrist gegeben. Den ganzen Vormittag über bleibt es ruhig. Ich kann sogar noch die Mittagsmahlzeit mit den lieben Menschen einnehmen. Aber dann ist es soweit: Abschied von dem so lieb gewordenen Ehepaar. Antreten auf dem Marktplatz, einige von uns sind schon betrunken, und Abmarsch Richtung Westen. Die Tagebuchnotizen aus jenen Tagen lauten:

23.01.: Nachmittags Abmarsch aus Filehne. Halbe Mannschaft besoffen. Parole vom Fronteinsatz des RAD. Abends Ankunft in Kreuz. In Maizenafabrik übernachtet.

24.01.: Vormittags Wache gestanden. Unterfeldmeister W. macht Krach wegen der Besoffenen. Abmarsch nachmittags Richtung Driesen. 11.00 Uhr nachts Ankunft RAD-Lager Driesen. Völlig erschöpft.

25.01.: Vormittags gut gegessen. Dauerwurst. Nachmittags Abmarsch nach Friedeberg. Schwerer Nachtmarsch bei Vollmondschein. Spät Ankunft in F. In Schule mit Landsern übernachtet.

26.01.:	Vormittags Appell. Nachmittags Abmarsch. Abends Ankunft in kleiner Ortschaft dicht vor Landsberg an der Warthe. Im Gasthaus übernachtet.
27.01.:	08.00 Uhr Abmarsch nach Landsberg. Mittags Ankunft in L. Butterstulle ergattert. Nachmittags nach Ratzendorf. Mit Siegfried über lukullische Genüsse philosophiert. Abends mit mehreren im Privatquartier. Füllfederhalter abhanden gekommen.
28.01.:	Sonntag. Ruhetag in Ratzendorf. Gutes Essen. Abends 7 km weiter. In Schule übernachtet. Alles voller Flüchtlinge.
29.01.:	Mittags Abmarsch nach Vietz. Ankunft abends. Todmüde. Trotzdem Appell.
30.01.:	Nachmittags weiter nach Küstrin. Völlige Auflösung. Küstrin gleicht einem Heerlager. Weiter geht es über die Oder! Hinter uns marschiert eine Kolonne der Wlassow-Armee singend durch die Stadt. Um 06.00 abends in der Hindenburg-Kaserne. Milchnudeln aus der Gulaschkanone gegessen. Um 08.00 abends weiter nach Manschnow. Der Russe steht schon an der Oder. In einem Treibhaus übernachtet.
31.01.:	Am Morgen weiter nach Westen. Mittags durch Seelow hindurchgekommen. Hernach in Scheune übernachtet. Plötzlich mitten in der Nacht: Alarm! Der Russe ist uns auf den Fersen! Aufbruch Richtung Westen.
01.02.:	Um 11.00 Uhr Ankunft in Fürstenwalde. Toller Betrieb. Pferd geschlachtet. Viel gegessen. In einer Schule übernachtet.
02.02.:	Am Morgen Abmarsch nach Storkow. Mittags Rast in einer Schule hinter Storkow. Wasserblasen an den Füßen. Nachmittags in Augenau. Privatquartier.
03.02.:	Vormittags Abmarsch aus Augenau. Aus der Ferne den Luftangriff auf Berlin miterlebt. Nachmittags Ankunft im RAD-Lager bei Mittenwalde. Tornister abhanden gekommen. Im Revier Wasserblasen behandelt.
04.02.:	Ruhetag. Nach Breslau geschrieben. Gutes Essen. Regen. Hinter der Scheune geschossen. Gewehrappell.

05.02.:	Ruhetag. Tornister wiederbekommen. Abends im Radio: „Für jeden etwas".
06.02.:	Frühmorgens Abmarsch. Autobahn gekreuzt. Marsch an märkischen Dörfern und Seen vorbei. Fliegeralarm. Marsch durch Truppenübungsgelände. Ankunft im Massenquartier in einer Kaserne bei Wünsdorf. Ein Unterfeldmeister spielt Klavier.
07.02.:	Ruhetag in der Kaserne.
08.02.:	Abmarsch am Morgen nach Wünsdorf zum Bahnhof. Lange gewartet. Mittags Abfahrt im Personenzug in Richtung Sachsen. Wenig Verpflegung. „Die Weise von Liebe und Tod des Cornet Christoph Rilke" gelesen.
09.02.:	Weiterfahrt nach Bad Liebenwerda. Dort nachmittags im RAD-Lager angekommen. Essen gut, aber wenig.
10.-12.02.:	Normaler Dienst. Bunkerbau. Gutes, aber schmales Mittagessen. Frühlingshafte Temperaturen. Täglich Fliegeralarm.
13.02.:	In der Nacht den Luftangriff auf Dresden gesehen.
14.-19.02.:	Normaler Dienst
20.02.:	Entlassung aus dem Reichsarbeitsdienst. Nachmittags Abmarsch zum Bahnhof unter Gesang: „Kehr ich einst zur Heimat wieder, früh am Morgen, wenn die Sonn aufgeht." In der Nacht erst Abfahrt in Richtung Dresden über Elsterwerda.
21.02.:	Weiterfahrt nach Dresden. Abends Ankunft im Bahnhof Friedrichstadt. Durch die noch rauchende Trümmerwüste der ausgebombten Innenstadt zum Strehlener Bahnhof weitermarschiert. In der Nacht Weiterfahrt nach Heidenau. Im Gasthaus übernachtet. Zum letzten Mal Joseph Goebbels im Radio gehört. Registrierung in der Erfassungsstelle der Waffen-SS.

Die Kapitulation

Es ist Mai geworden. Ich habe Wache im Bataillonsgefechtsstand. Der Nachtwind streicht durchs Fenster und bewegt leise die Meßtischblätter und Generalstabskarten auf dem spärlich beleuchteten Tisch. Am Nachmittag habe ich die letzten Eintragungen vorgenommen. Die Frontlage ist klar; wir haben an der Donau einen Brückenkopf gebildet und liegen nun schon seit Tagen den Russen gegenüber, ohne daß etwas Besonderes geschieht. Nachts ist es meistens ruhig, bis auf vereinzelte Spähtruppunternehmungen von beiden Seiten. Die Stellungen liegen fest. Tagsüber kommt es gelegentlich zu Granatwerfer-Duellen oder der Russe setzt auch mal seine gefürchtete Stalinorgel ein. Weit gefährlicher sind aber die sibirischen Scharfschützen, die eine bewaldete Höhe vor uns besetzt halten und uns täglich Verluste zufügen.

Es ist jedesmal ein Bild des Jammers, wenn unsere blutjungen Burschen zum Krüppel geschossen oder als Leichen nach hinten zum Verbandsplatz gebracht werden. Wie oft frage ich mich, was wohl wäre, wenn ich jetzt da vorn im vordersten Graben liegen müßte? Ich weiß um meine Unbesonnenheit, die mir einmal fast zum Verhängnis geworden wäre. Aber bis jetzt habe ich immer Glück gehabt. Oder ist das kein Glück, wenn man hier im warmen Bataillonsgefechtsstand sitzen kann, während die anderen da draußen in ihren Löchern hocken?

In diesem Augenblick schrillt das Telefon. Ich nehme den Hörer ab. Die Nachbareinheit ist am Apparat. Eine verschlüsselte Meldung wird durchgegeben. Ist aber nichts von Bedeutung. Der Chef braucht nicht geweckt zu werden. Ich kann weiter meinen Gedanken nachgehen.

Ja, Glück muß der Mensch haben! Bis jetzt habe ich noch immer Glück gehabt. Den Rückzug aus Polen habe ich heil überstanden, danach den schweren Luftangriff auf Berlin am 3. Februar nur aus der Ferne miterlebt. Dresden habe ich gerade eine Woche nach der Zerstörung zu sehen bekommen und auch in der Tschechoslowakei bin ich immer, bevor es dicke Luft von oben gab, rechtzeitig davongekommen. Ich frage mich: „Was ist es nur, daß es den einen erwischt und der andere darf am Leben bleiben? Ist das Leben wirklich ein Würfelspiel, wie wir es oft gesungen haben? Warum wird der eine vom Schicksal begünstigt, während es dem anderen nur Mühe und Plage bringt, wie es in einem Lied heißt?"

Solche und ähnliche Gedanken gehen mir durch den Kopf und ich finde keine Antwort. Ich trete ans Fenster und schaue in den funkelnden Sternenhimmel. Aber auch von dort kommt keine Klarheit. Was ist eigentlich der Sinn meines Daseins auf dieser Erde? Die Sterne leuchten kalt, unbeteiligt, wie sie schon vor Jahrmillionen geleuchtet haben. Leise rauscht der Nachtwind. Ich trete vom Fenster wieder zurück, setze mich an meinen

Kartentisch und stütze den Kopf in die Hände. Wie schnell doch die letzten Wochen verflogen sind! Wie ein Film ziehen die Ereignisse der letzten Zeit aus der Erinnerung an mir vorüber...

Anfang Februar ist unsere RAD-Einheit noch auf dem Rückzug durch die Mark Brandenburg. Wir erleben wunderbar warme Vorfrühlingstage. Der Schnee ist weggeschmolzen. Unsere Abteilung ist auf dem langen Fluchtweg ebenfalls erheblich zusammengeschrumpft. Im Barackenlager Bad Liebenwerda in Sachsen finden wir unser letztes Quartier. Irgendwoher habe ich ein Büchlein bekommen, das mich nun ständig begleiten wird. Es ist „Die Weise von Liebe und Tod des Cornets Christoph Rilke". Wie sehr ähneln wir doch jenem Vorfahren Rainer Maria Rilkes! Nur, daß wir nicht mehr reiten-reiten-reiten, sondern auf Rädern rollen oder marschieren, durch den Tag, durch die Nacht.

Am 20. Februar wird unsere RAD-Abteilung aufgelöst. Wir erhalten Marschbefehl zu den einzelnen Truppenteilen. Als Angehöriger der Waffen-SS werde ich einem Ausbildungsbataillon in der Tschechoslowakei zugewiesen. Der Dienst ist hart, die Verpflegung mäßig. Ich fange an, meine Tabakrationen gegen Essen einzutauschen.

Im März zieht noch einmal der Winter ins Land, doch am 1. April scheint seine Herrschaft gebrochen. Unsere Vereidigung an diesem Ostersonntag geschieht bei strahlendem Sonnenschein. Nun beginnen die letzten Wochen. In einer schnell zusammengestellten Kampfgruppe werde ich zuerst als Melder eingesetzt. Der Aufbruch zum Fronteinsatz trifft uns nicht unvorbereitet. Am 14. April fahren wir bei schönem Wetter und herrlicher Baumblüte an die österreichische Front. Einen Tag später werde ich zum Bataillonsstab kommandiert. Und da sitze ich heute immer noch.

Was soll nun werden? Geht der Krieg wirklich dem Ende entgegen? Als vor ein paar Tagen die Nachricht kam, daß Hitler im Kampf um Berlin gefallen sei, haben alten, rauhen SS-Männern die Tränen in den Augen gestanden. Auch ich trage ein kleines Führerbild bei mir. Ich habe es seit jener Todesnachricht schwarz umrandet. Hitler ist nicht mehr. Was soll nun aus Deutschland werden? Ist es wirklich so, wie es an den Häusern geschrieben steht: „Berlin bleibt deutsch – Wien wird wieder deutsch – Europa wird niemals russisch!" Oder ist der Krieg bereits verloren?

Wieder trete ich ans Fenster. Durch die Stille dringt ein merkwürdiges Geräusch. Es ist ein ständiges Rollen vom anderen Donauufer. Was ist es, was da so rollt? Sind es die Amerikaner? Kürzlich erzählte einer, die Amis seien schon in Linz an der Donau und würden Truppen zusammenziehen, um überraschend gegen den Russen loszuschlagen. Wir würden alle in amerikanische Uniformen gesteckt, und dann würde sich bald das Blättlein wenden! Aber die Amis können es nicht sein, denn das Dröhnen und Rasseln am anderen Ufer zieht nicht donauabwärts sondern stromaufwärts. Da wird es mir auf einmal blitzartig klar: Das sind unsere Truppen, die sich da drüben auf der anderen Donauseite zurückziehen! Das sind unsere eigenen motorisierten Einheiten, die sich vom Russen absetzen. Ich muß den Bataillonskommandeur wecken! Aber da steht er schon selber in der Tür. Draußen tagt der Morgen, unser letzter Morgen im Donaubrückenkopf.

Vierundzwanzig Stunden später fliegt mit gewaltigem Krachen eine Donaubrücke in die Luft. Es gibt keinen Brückenkopf mehr. Es gibt auch keine deutsche Armee mehr. Der Krieg ist aus. Im Schutze der Nacht haben sich unsere letzten Einheiten auf die andere Donauseite zurückgezogen. Alles ist jetzt nur noch bestrebt, zum Amerikaner durchzubrechen. Noch vollzieht sich der Rückzug in mustergültiger Ordnung. Der Russe ist durch die Brückensprengung aufgehalten. Doch bald wird auch dieses Hindernis überwunden sein. Dann wird die Rote Armee nachstoßen, wird das Ausweichen der Deutschen zur heillosen Flucht.

Ich befinde mich zu Fuß inmitten der grauen, flüchtenden Menschenmasse, in einen viel zu weiten Mantel gehüllt. Vor der Brust baumelt eine Sturmlaterne. Mein ganzes Gepäck ist bereits verlorengegangen. Irgendeiner ist damit davongefahren. Das ist traurig, aber so marschiert es sich leichter. Mir zur Seite schreitet ein langer, junger SS-Mann. Vor Stunden noch hatte man ihn in einer Scheune gefangengesetzt. Wegen Feigheit vor dem Feind sollte er vor ein Kriegsgericht gestellt werden. Doch nun ist alles auf der Flucht, auch das Kriegsgericht. Für die wunderschöne Landschaft in der Wachau haben wir keinen Blick. Alles ist nur von einem Gedanken erfaßt: Vorwärts! Zum Ami! Auf einem fahrenden Lastwagen sitzen Spaßvögel und singen: „Wir fahren nach Amerika und wer fährt mit?" Ich springe in einer Kurve auf das rollende Fahrzeug und komme dadurch ein gutes Stück weiter. Schnell preschen wir an den marschierenden Kameraden vorbei. Vor einer Brücke an einem Bach müssen wir stoppen. Hier ist kurz zuvor ein mit Landsern besetzter Omnibus in die Tiefe gestürzt. Ein grausiges Bild. Doch wir fahren weiter, so schnell wir können. Nur nicht in russische Gefangenschaft geraten!

Der Abend des nächsten Tages findet uns in einem großen Heerlager. Am Ufer eines kleinen Flusses unweit von Linz hat sich die deutsche Kapitulationsarmee niedergelassen. Tausende haben sich schon hier versammelt, und immer noch strömen Hunderte und wieder Hunderte hinzu. Dem Russen sind sie entronnen, aber der Amerikaner nimmt sie nicht auf. Er hat die Zugangsstraße nach Linz abgesperrt und schickt alle Deutschen wieder zurück. Es wird berichtet, daß der Ami nur geschlossene Formationen gefangennimmt. Die Männer haben ihr Nachtlager am Flußufer aufgeschlagen, schlafen in ihren Zelten oder auf dem Rasen unter freiem Himmel, aber auch in ihren Fahrzeugen.

Die Nacht vergeht, es kommen noch neue Nachzügler hinzu. Am Vormittag ergreift plötzlich eine Unruhe die Männer: Russische Offiziere sind erschienen und haben die Kapitulationsarmee zur Übergabe aufgefordert. Bald danach zeigen sich sowjetische Flugzeuge am Himmel. Flugblätter werden abgeworfen, in denen an uns die Aufforderung zur Übergabe ergeht. Was soll nun werden? Zum Russen, der sie übernehmen will, wollen die Männer nicht, und der Ami zu dem sie wollen, weist sie zurück. Das Heerlager gleicht einem aufgestörten Ameisenhaufen. Geschlossene Formationen sind schon längst nicht mehr vorhanden. Die Landser haben sich selbständig gemacht oder kampieren in kleinen Gruppen. Auch Mädchen und Frauen sind darunter, Rot-Kreuz-Schwestern und Wehrmachtshelferinnen, die den ganzen Rückzug mitgemacht haben. Nun liegen sie hier mit den Männern zusammen, wie in einem richtigen Landsknechtslager. Eine organisierte Verpflegung gibt es nicht mehr. Jeder versorgt sich auf eigene Faust. Es sind zwar Feldküchen da, aber was sie kochen, reicht längst nicht für alle. Dazu lastet seit den Morgenstunden eine drückende Hitze über dem Feldlager. Gegen Abend erscheint ein SS-General und hält eine Ansprache: „Kameraden, der Krieg ist aus. Ihr habt euch tapfer geschlagen. Wir sind nicht besiegt. Der Russe jedenfalls bekommt uns nicht. Morgen führe ich euch zum Ami und dann geht es in die Heimat!" Am Ende seiner Worte durchbraust ein Beifallssturm das Flußtal. Leuchtkugeln steigen in den Abendhimmel, Lieder klingen auf. Zum Schluß ertönt das Weihelied der Waffen-SS: „Wenn alle untreu werden, so bleiben wir doch treu, daß immer noch auf Erden für euch ein Fähnlein sei..."

Ich habe mich seitwärts einen Berghang hinauf begeben und mir ein Nachtlager auf dem blanken Rasen gesucht. Mein langer Mantel und eine Zeltbahn hüllen mich ein. Der Kopf ruht auf einem Brotbeutel. Von drunten klingen noch immer verschwommen einzelne Liedfetzen herauf. Lagerfeuer brennen. Männer lachen. Mädchen kreischen. Ja, es ist wie in einem Landsknechtslager. Zwischendurch hört man das Rauschen des Flusses, das Raunen der Bäume und andere Stimmen der Nacht. Ich selbst befinde mich in einem merkwürdigen Zustand. Halb wach noch, halb schon im Traum. Ich sehe noch deutlich die Sterne über mir, aber die Gedanken sind schon weit, weit weg. Ich habe das unbestimmte Gefühl einer Trauer in mir – einer großen, unsagbaren Trauer. Ich spüre, daß mir irgend etwas entschwindet, für immer entschwindet... Ist es die Heimat? Ist es meine Jugend?

Plötzlich, mitten in der Nacht, wache ich auf. Da drunten ist die Hölle los! Motorengedröhn, Autohupen, Pferdegewieher, Rollen und Rasseln von Wagen und Menschen in fliegender Hast. Das Lager bricht auf – der Russe rückt an! In Minutenschnelle hat sich alles auf der Chaussee in Richtung Linz in Bewegung gesetzt. Das ist schon kein Marschieren mehr, das ist ein Rennen und Jagen. Pferde, Wagen und Lastkraftwagen rollen auf der linken Straßenseite an den Laufenden vorbei. Hier gibt es keinen Gegenverkehr. Hier gibt es nur eine Richtung: hin zum Ami! Irgendwo auf dieser Zufahrtsstraße stehen ein paar amerikanische Posten. Sie vermögen nicht, den gewaltigen Strom eines flüchtenden Heerlagers aufzuhalten. Sie werden von der schiebenden, drängenden und drückenden Menschenmasse einfach beiseite geschoben.

Weiter geht die Flucht. Der Morgen graut. Die Sonne steigt. Da wird der unheimliche, graue Heereswurm doch zum Stehen gebracht. Ami-Panzer sind aufgefahren und machen dem Rückwärtsdrang der Deutschen ein Ende. Auf einer großen Wiese werden die anrückenden Kolonnen zusammengeführt und entwaffnet. Als die letzten Flüchtlinge eingetroffen sind, schließt sich der Kreis um uns. Die Panzer fahren auf und zwischen ihnen stehen die Posten. Die Falle ist zu. Wir sind Gefangene.

Zwei Tage liegen wir nun auf dieser Wiese. Zu essen gibt es nichts. Schwestern aus dem Diakonissenhaus Gallneukirchen, die uns gekochte Kartoffeln bringen wollen, hat man weggejagt. Unbarmherzig brennt die Sonne auf uns hernieder. Einen halben Liter Wasser bekommt jeder täglich zugeteilt. Wir leben von dem, was wir noch im Brotbeutel haben, und das ist bald aufgezehrt. Nachts müssen wir alle flach auf dem Boden liegen. Scheinwerfer tasten ständig über uns hinweg. Am Tage kreisen Flugzeuge über uns, um von uns Aufnahmen für die amerikanische Wochenschau zu machen.

Am Abend des dritten Tages ergeht an alle der Befehl, die Feldflaschen mit Wasser zu füllen und gut auszuschlafen. Am nächsten Morgen sollen wir zu einem Fußmarsch über zehn Kilometer aufbrechen. Soweit sei es noch bis Linz, wird uns erzählt, und dort würde man uns entlassen. Begreiflicherweise ist an diesem Abend die Stimmung bedeutend besser als zuvor. Man überlegt sich schon, wie man am besten nach Hause kommen könnte. Die Nacht verläuft ruhig. Manch einer sieht sich träumend schon daheim bei seinen Lieben. Morgens brechen wir frühzeitig auf. Die Gefangenen formieren sich zu Fünfhunderter-Blocks und zwischen jeden Marschblock schiebt sich ein Panzer. Wir können das zuerst nicht verstehen, doch dann wird erzählt, daß der Ami uns vor den entlassenen KZ-Häftlingen beschützen wolle, die sich bewaffnet hätten, um einen Privatkrieg gegen die deutschen Wehrmachtsangehörigen zu führen. Das leuchtet uns ein. Als wir aber dann die Chaussee erreichen, werden wir doch stutzig. Wir marschieren nämlich nicht nach Linz, sondern denselben Weg zurück, den wir gekommen sind! In der nächsten Ortschaft stehen längs der Straße überall amerikanische Posten Gewehr bei Fuß. Es dauert dann auch nicht mehr lange und mehrere Schwestern und Wehrmachtshelferinnen kommen weinend von der Spitze des Zuges zurückgelaufen, um uns Erschrockenen zu verkünden, daß uns der Amerikaner nun dem Russen ausliefern wird. Lähmendes Schweigen breitet sich über dieKolonnen. Mit einem Mal fallen Schüsse. Die Amerikaner schießen von ihren Panzern auf Landser, die da versuchen, aus dem Marschblock auszubrechen. Wut und Verbitterung steigt in den Gefangenen hoch. Als dann am Ende des Weges der Russe den ganzen Heereszug in Empfang nimmt, raunt man sich zu, daß die Amis über 80 Mann auf diesem Marsch erschossen haben sollen.

Hinter Stacheldraht

Leuchtend rot steht der Sowjetstern über dem Gefangenenlager im österreichischen Waldviertel. Die Baracken haben den Besitzer und auch die Insassen gewechselt. Zuerst war es ein deutsches Lager für gefangene französische Offiziere, jetzt ist es ein sowjetisches Lager für deutsche Kriegsgefangene. Es wird in der Mitte geteilt durch eine breite Lagerstraße. Rechts und links davor befinden sich große Baracken. Um das Lager zieht sich ein doppelter Stacheldrahtzaun, von einzelnen Wachttürmen unterbrochen.

Die Wachtposten haben es leicht. Von den Deutschen denkt keiner an Flucht. Immer wieder wird ihnen von hohen, russischen Offizieren versichert, daß sie bald nach Hause kämen. Skoro domoi! So heißt diese Zauberformel. Daran glauben nun die deutschen Kriegsgefangenen, und dieser Glaube kann auch nicht durch die immer wiederkehrenden Gerüchte erschüttert werden, die da wissen wollen, daß alle Gefangenen nach Rußland verschleppt werden sollen. Russische Offiziere haben ihr Ehrenwort gegeben und ein solches Offizierswort gilt doch wohl noch immer.

So leben die Landser zwischen Hoffen und Bangen dahin. Einzelne Gruppen werden morgens zur Arbeit abgeholt. Wenn sie abends wieder zurückkommen, haben sie neue Nachrichten ins Lager gebracht. Diese Mitteilungen werden dann in den Baracken und auf den Latrinen ergiebig diskutiert und so entstehen die überall bekannten „Latrinenparolen."

Als einer von vielen Tausenden habe ich in diesem Lager meinen Platz gefunden. Die Baracke, in die ich eingewiesen wurde, ist völlig überbelegt. Ich muß das Feldbett mit einem anderen teilen. An seinem Fußende liege ich mit meinem Kopf. Es ist alles sehr beengt. Acht Mann hausen auf einer Fläche von zehn Quadratmetern. Aber froh bin ich doch, daß die anstrengenden Märsche ein Ende gefunden haben. Wir sind nach unserer Auslieferung an die Russen in den letzten drei Tagen über 150 Kilometer marschiert; in glühender Hitze und ohne wirkliche Verpflegung. Eine Scheibe Brot und ein paar Gramm aus einer Konservenbüchse waren unsere Tagesration. Einige, die sich aus der Marschkolonne heraus Verpflegung oder Trinkwasser bei Zivilisten beschaffen wollten, sind von den begleitenden Kosaken jämmerlich geschlagen worden. Mit eigenen Augen habe ich gesehen, wie ein Rotarmist einen vollen Wassereimer umgestoßen hat, der von mitleidigen Menschen für uns hingestellt worden war.

Wozu das alles? Wozu auch diese furchtbare Antreiberei mit dem ständigen „dawai! dawai!" Wozu hat man uns auch jetzt wie die Heringe in diese Baracken gestopft? Der Krieg ist doch aus. Warum läßt man uns nicht in unsere Heimat? Ach, wenn doch nur mein Fluchtplan geglückt wäre! Ich hatte mich mit einem Kameraden auf unserem Gewaltmarsch verabredet, nachts aus der großen Masse auszubrechen und zu fliehen. Plötzlich wurde er am anderen Tage krank und wir mußten unseren Plan aufgeben. Schade, wir wären jetzt schon über alle Berge. Nun liegt er irgendwo im Sanitätsrevier und ich liege hier in dieser elenden Baracke. Nachts hören wir aus nahen Tümpeln ununterbrochen Frösche quaken. Tagsüber lungern die meisten von uns untätig herum, denn es werden am Morgen immer nur wenige zum Arbeitskommando aus dem Lager herausgelassen. Zweimal gelingt es mir auch, auf diese Weise etwas von der Außenwelt zu erleben. Bei dem einen Arbeitseinsatz fahren wir in die Gegend von Stockerau, dicht vor Wien. In allen Orten sehen wir Männer mit roten Armbinden. Fast erscheint es uns, als hätten manche aus ihren früheren Hakenkreuzbinden nur die weiße Scheibe mit dem schwarzen Symbol herausgetrennt, um nun als „klassenbewußte Arbeiter" auftreten zu können. Im Lager gibt es übrigens einige, die aus ihrer ablehnenden Haltung gegen unsere Bewacher kein Hehl machen. Täglich spaziert zum Beispiel ein ehemaliger Luftwaffenoffizier mit seinem Ritterkreuz offen die Lagerstraße entlang. Auch gehen in den Baracken aus der früheren deutschen Lagerbücherei stammende antikommunistische Bücher reihum und werden von vielen gelesen. Ich selbst bin fest davon überzeugt, daß dieser Krieg ungerechterweise für uns verlorengegangen ist und ärgere mich darüber, daß ich mein schwarzumrahmtes Führerbild in einem Anflug von Ängstlichkeit unterwegs weggeworfen habe. Es trifft mich daher wie ein Keulenschlag, daß eines Tages einer meiner Mitgefangenen voll Zorn und Bitterkeit sagt: „Das Elend dieses Krieges und die jetzige Gefangenschaft haben wir nur Hitler zu verdanken. Hitler ist ein Verbrecher gewesen." Ich bin sprachlos und sage ihm, daß es ja gar nicht möglich ist, daß ein 70-Millionen-Volk einem Verbrecher hätte folgen können! Nein, so ist es nicht! Hitler war gut. Aber wir, als Volk, sind seiner nicht wert gewesen. Wenn dieser Krieg für uns verlorengegangen ist, dann wohl deswegen, weil nicht alle tapfer genug gekämpft haben. Das ist meine Ansicht und dabei bleibe ich. – So dachte ich damals.

In den folgenden Tagen verschaffe ich mir selber Beschäftigung. Andere geben sich leidenschaftlich dem Schachspiel hin; doch ich habe mir von irgendwoher Papier, Zeichenstifte und Farben besorgt und kann nun stundenlang bei meiner Lieblingsbeschäftigung, beim Zeichnen und Malen, verweilen. Besonders hat es mir in diesen Tagen ein Katalog Dürerscher Werke angetan und ich kopiere Albrecht Dürer mit viel Freude und großem Interesse. Unter meinen Händen entstehen der „Feldhase", das „Rasenstück" und auch die „Betenden Hände." Einmal geht unerwartet eine russische Kommission durch die Baracken. Ein Offizier sieht meine Malereien und lobt mich dafür. Ich denke: „Verschaffe mir lieber die Heimfahrt!" Die allgemeine Lage allerdings sieht nicht nach Heimkehr aus. Im Gegenteil, der Russe tut alles, um uns den Lageraufenthalt nicht langweilig werden zu lassen. Eine Tanzkapelle der ehemaligen deutschen Truppenbetreuung spielt fast jeden Nachmittag Schlager und Unterhaltungsmusik, während sich in einer anderen Baracke hauptsächlich Offiziere um einen jungen, begabten Pianisten scharen, der ihnen in wundervoller Weise klassische Werke vorzuspielen versteht. Ja, in einer Lagerecke haben die Ungarn eine Zigeunerkapelle aufgemacht. Diese Ungarn sind übrigens großartige Geschäftemacher. Die Verpflegung im Lager ist schlecht. So ist es kein Wunder, daß Tauschgeschäfte hoch im Schwange sind. Dabei spielen immer wieder Magyaren die erste Rolle. Mehrere Deutsche dagegen haben angefangen, sich kunstgewerblich zu betätigen. Es entstehen die schönsten handgeschnitzten Tabakdosen, mit Schnitzwerk verzierte Wanderstäbe – für die Heimkehr – und vieles andere mehr. Es ließe sich in diesem Lager gewiß noch eine ganze Zeit gut aushalten, wenn man nur wüßte, ob es hernach wirklich in die Heimat geht.

Zwei Ereignisse sind es dann, die uns in große Aufregung und Unruhe versetzen und beweisen, daß die Pessimisten unter uns recht behalten sollen. Erstens werden uns allen unerwartet die Köpfe kahl geschoren und zweitens erscheint eine russische Ärztekommission im Lager, um uns auf unsere Arbeitstauglichkeit zu mustern. Damit sinkt die Stimmung bei uns sofort auf den Nullpunkt. Als ich mich mit kahlgeschorenem Kopf in einer Fensterscheibe erblicke, treten mir Tränen in die Augen. „Nun sehen wir aus, wie dem Verbrecheralbum entnommen." Was alle denken, spricht einer mit leiser Stimme vor sich hin.

Der Abtransport

Unter uns rollen die Räder. Keiner weiß wohin. Eines Tages sind wir verladen worden. Auf einem kleinen österreichischen Bahnhof wurde Hundertschaft um Hundertschaft in die Waggons gestopft. Währenddessen rollte ein Transport mit heimfahrenden Tschechen an uns vorbei. Die Steinwürfe auf uns und die geballten Fäuste sind uns allen noch in frischer Erinnerung. Unser Zug hat sich dann in Richtung Wien in Bewegung gesetzt. Am Rande der Donaumetropole gab es den ersten Aufenthalt. Deutlich konnten wir in der Ferne den Stephansdom und das große Praterriesenrad erkennen. Österreichische Zivilisten waren an unseren Transportzug herangekommen, wurden aber immer wieder von den Wachtposten weggetrieben.

Unvergeßlich wird uns folgendes Erlebnis sein. Eine Mutter hat beim Absuchen der langen Wagenreihe ihren Sohn entdeckt. Unter Bewachung wird ihr der Junge zugeführt. Mutter und Sohn fallen sich vor unseren Augen um den Hals und weinen vor Freude. Da wird das Signal zur Weiterfahrt gegeben. Sie werden wieder voneinander getrennt und die Mutter muß tränenüberströmt zusehen, wie ihr das eben zurückgeschenkte Kind erneut entrissen wird. Ob sie es jemals wiedersehen wird? Keiner kann uns darauf eine Antwort geben. Wir wissen nur das eine: Allen Beteuerungen der russischen Offiziere zuwider transportiert man uns nun nach Osten ab. Erst hieß es, wir kämen nach Schlesien, um das zerstörte Breslau wieder aufzubauen. Dann wurde gemunkelt, es ginge nach Ungarn zum Ernteeinsatz. Nun aber wissen wir es ganz gewiß und erkennen es mit erschreckender Wirklichkeit: Es geht nach Rußland! Neben mir liegt der blonde Heino aus Hamburg. Er lacht und sagt: „Ach was, wir kommen in die Ukraine zu irgendeiner Matka als Erntehilfe. Da gibt es jede Menge Mais und Sonnenblumenkerne. Zu Weihnachten sind wir alle wieder daheim!"

So sind wir nun schon Wochen unterwegs, werden hin und her geschoben. Erst sind wir an Preßburg vorbei nach Budapest gefahren. Hier hatten wir zum letzten Male Brot gefaßt. Seitdem gibt es nur noch dünne Suppen. Herrlich sind die Landschaften, durch die wir fahren, die Donauufer, die Pußta und die Karpaten. Jedoch, was gibt einem die schönste Landschaft, wenn man in sengender Julihitze mit knurrendem Magen, eingepfercht zwischen schwitzenden Mitgefangenen, im Viehwaggon liegt? Tagsüber schießen unsere Bewacher vom fahrenden Zug auf Störche oder andere Vögel und nachts springen sie von Wagendeck zu Wagendeck, um

Fluchtversuche zu verhindern. Trotzdem sind schon einige von uns ausgerissen. Kurzentschlossen holen die Russen dafür inzwischen ungarische oder rumänische Zivilisten von der Straße weg in unsere Waggons, damit die Transportzahl wieder stimmt.

Am 9. August werden wir in dem rumänischen Schwarzmeerhafen Konstanza ausgeladen. Unsere vierwöchige Bahnfahrt ist zu Ende. Die Männer formieren sich auf dem Bahnhofsgelände zum Abmarsch durch die Stadt. Müde, ausgehungerte, von der Sonnenhitze ausgemergelte Gestalten sind darunter. Trotz strenger Bewachung gelingt es einigen rumänischen Zivilisten, Brot und Südfrüchte unter die marschierenden Gefangenen zu werfen. Doch bald hat unsere lange, staubige Kolonne die Straßen der Stadt hinter sich und wird ins Hafengelände geleitet, links und rechts von Posten bewacht. Da verläßt auf einmal ein Durchfallkranker seine Marschreihe und hockt sich am Straßenrand nieder. Im nächsten Moment steht einer der asiatischen Bewacher neben ihm, um den Kauernden mit Kolbenstößen und Fußtritten zum Weitermarschieren aufzufordern. Empörte Rufe der Kriegsgefangenen werden laut und schon springt ein alter, grauhaariger Offizier aus unseren Reihen auf den jungen Mongolen zu und donnert ihn zusammen. Dieser blickt den Deutschen aus haßerfüllten Augen an und sagt nur ein Wort: „Faschist!" Da, plötzlich, wir trauen unseren Augen kaum, läuft der deutsche Offizier vor Zorn rot an und brüllt, daß es durch den ganzen Hafen schallt: „Faschist? Ich Faschist? Ich bin niemals Faschist gewesen! Aber ich bin deutscher Offizier, und das merke dir, du Lumpenkerl, laß den kranken Menschen da in Ruhe, sonst..." Und tatsächlich, obwohl der Deutsche unbewaffnet ist und vor der Brust des Mongolen eine Maschinenpistole hängt, weicht dieser vor dem wutentstellten Gesicht des Grauhaarigen zurück. Andere Posten eilen herzu. Der deutsche Offizier tritt wieder in die Marschkolonne. Um den Kranken kümmern sich russische Sanitäter. Aber das Erlebnis dieses Augenblicks bleibt in uns haften.

Im Hafengelände ist ein Lager für uns errichtet. Zum zweiten Mal bin ich nun hinter Stacheldrahtzäunen. Hier stehen jedoch keine Baracken. Wir liegen nachts unter freiem Himmel auf dem bloßen Sandboden, hüllen uns in unsere Mäntel und kuscheln uns dicht aneinander. Am Tage haben wir Temperaturen um 35 Grad im Schatten und laufen halbnackt herum. Doch nachts wird es empfindlich kalt, so daß wir, auf der bloßen Erde liegend, tüchtig frieren. Die Verpflegung im Lager ist nicht ganz so schlecht, wie auf dem Transport. Dazu gibt es hier endlich wieder Brot. Außerdem haben wir ärztliche Betreuung und müssen täglich Kohle essen, um die ausgebrochene Ruhrepidemie einzudämmen. Aber all das kann nicht verhindern, daß eines Morgens einer von uns nicht mehr aufwacht, den wir aufwecken wollen. Ich hatte ihn am Tage zuvor noch gesehen, wie er sich, gestützt auf zwei Kameraden, zur Latrine schleppte. Dort hat er dann gesessen, ein Bild des Elends, krank, schwach, abgemagert und ausgemergelt, wie ein hilfloser Vogel im Winter. Wenige Stunden später war er bereits tot. In einer Ecke des Lagers hat man ihn in den Sand gescharrt. Einer von uns Kriegsgefangenen, ein Pfarrer wohl, hat gesprochen und dann haben einige von uns gesungen. Ich war nicht mit dabei. Wozu das auch? Vielleicht gehen wir in Sibirien noch alle einmal vor die Hunde? Wer wird uns dann predigen und Lieder singen, die Wölfe vielleicht?

Am Abend eines Tages habe ich mich früh zur Ruhe gelegt. Neben mir liegt, wie im Waggon, der blonde Heino aus Hamburg. Er ist nur einige Jahre älter als ich, aber er kümmert sich wie ein Vater um mich. Wo es etwas zu organisieren gibt, da ist er dabei, hat immer noch Humor und Mut. Oft erzählt er mir von seinen Kriegserlebnissen, schwärmt vor allem von Italien und Griechenland. Aber heute, nach diesem Todesfall, ist er stiller als sonst. Ich bewundere ihn. Auch weiß ich, daß er ein Buch durch alle Kontrollen hindurchgerettet hat, aus welchem er sich Kraft und Mut für jeden neuen Tag zu verschaffen versteht. Er hält den Besitz dieses Buches sehr geheim. Aber mir hat er es einmal gezeigt. Es trägt den Titel „Macht der Gedanken". Heino liest darin nur, wenn er sich unbeobachtet weiß. Nach der Lehre des Buches glaubt er daran, daß es dem Menschen möglich wäre, durch eisernes, hartes Training der Gedanken über allen Lebenslagen zu stehen. So sieht er auch unsere Gefangenschaft als eine Kraftprobe an, die es zu bestehen gilt. Er ist deshalb auch fest von unserer letztlichen Heimkehr überzeugt.

Aber heute, nach diesem Todesfall, ist er sehr nachdenklich geworden. Er spricht zwar mit mir, aber ich merke, daß er irgendwie anders ist als sonst. Auch ich kann nicht einschlafen, liege lange wach und grüble darüber nach, wozu das alles sein muß. Krieg und Gefangenschaft und eine ungewisse Zukunft? Über uns strahlen die Sterne. Geräusche aus dem Hafen zittern in der Nacht. Wieder, wie damals, im Brückenkopf an der Donau, stelle ich mir die Frage nach dem Sinn meines Daseins auf dieser Erde, und wiederum, wie damals, wird mir von droben keine Artwort gegeben. Die Sterne bleiben stumm.

Am nächsten Morgen ist große Unruhe im Lager. Eine Parole geht um: Alle Österreicher und Volksdeutschen fahren in die Heimat! Erst glauben wir es nicht. Doch immer wieder werden die Betreffenden aufgefordert, sich in dem Zelt der Lagerleitung zu melden. Heino rät mir, ich solle einfach hingehen und sagen, ich sei Volksdeutscher aus Polen. Kontrollieren könne man das kaum, und sollte der Schwindel herauskommen, wäre ich inzwischen bestimmt schon wieder in Deutschland. Ich spiele nur ganz kurz mit diesem Gedanken. Dann steht für mich fest: Ich bleibe. Wie sagt doch Heino: „Eisernes Willens- und Gedankentraining helfen auch über die schwersten Lebenslagen hinweg".

So bleibe ich dann, während ein Österreicher und die Volksdeutschen abmarschieren, um die Heimfahrt anzutreten. Von dieser Stunde an sind Heino und ich unzertrennliche Freunde.

Wir sind auch wieder zusammen, als wir am zehnten Tage unseres Aufenthaltes in Konstanza durch das Lagertor in langen Reihen zum Hafen hinuntermarschieren. Am Kai liegen englische und amerikanische Schiffe. Mit denen müßte man mitfahren können! Doch es ist sinnlos, daran zu denken. Würde man einen von uns auf einem solchen Schiff entdecken, so wäre die Auslieferung an den Russen sicher.

Wir halten vor einem großen rumänischen Dampfer, der jetzt unter sowjetischer Flagge fährt. Es ist die „Transsilvania". In dieses Schiff werden wir nun verfrachtet. Ich komme mit Heino in einen Bunkerraum tief im Innern des Schiffes. Da liegen wir neben- und übereinander wie die Heringe. Kaum haben wir die offene See erreicht, wird es schon einigen schlecht. Um ihren schmalen Liegeplatz nicht zu verlieren, wagen sie es nicht, nach oben an Deck zu gehen. So füllt bald ein entsetzlicher Gestank die unteren Schiffsräume. Heino und ich aber wechseln uns gegenseitig ab. Während der eine die beiden Liegeplätze hütet, kann der andere droben frische Luft schnappen.

Die rumänische Schiffsbesatzung kümmert sich kaum um uns. So fahren wir bei herrlichem Wetter und verhältnismäßig ruhiger See über das Schwarze Meer. Am Nachmittag passieren wir die Krim. Unsere Landser stehen an der Reling und schauen hinüber. Aus einem Lautsprecher ertönt Musik. Irgendeine Tanzkapelle spielt irgendwo „La Paloma". Irgendwo drehen sich irgendwelche Paare dazu im Kreis. Wir aber, die große geschlagene Armee des 20. Jahrhunderts, sind auf Schiffen unterwegs, wie die Sklaven früherer Zeiten. „Lever dod as Slav" haben wir noch vor einem Jahr auf der Gebietsführerschule im Schloß Oderbeltsch gesungen. Und was ist nun? Nun sind wir moderne Sklaven mit unserem Gefangenentransporter unterwegs, um im Schwarzmeerhafen Noworossijsk ausgeladen zu werden. Während ich mich darauf vorbereite, mit allen an Land zu gehen und zum ersten Mal in meinem Leben russischen Boden zu betreten, schreibe ich ein paar Verse nieder:

Einfahrt

Lastende Stille und sternhelle Nacht.
Unser Schiff gleitet leise und wiegt sich ganz sacht
hinein in den Hafen.

Schweigende Männer stehen an Bord,
schauen ins Wasser und weiter noch fort
bis in die Berge.

Später am Ufer ein Lichterglanz,
flimmert und schimmert, verlischt dann ganz
im steigenden Morgen.
Die Sonne besiegt dann die Nebelwand
und Männer zu Tausenden gehen an Land,
gehen ans Ufer,

Erblicken die Stadt, fast alles Ruinen,
häßlich und grau von der Sonne beschienen,
steht sie nun da.

Sie sehn fremde Menschen in ihrer Art
und spürn die Erkenntnis bitter und hart:
Jetzt sind wir in Rußland!

Die Dampferfahrt über das Schwarze Meer habe ich noch gut überstanden. Doch dann kommen drei schlimme Tage in Noworossijsk. Schon das äußere Bild dieser fast völlig zerstörten Gespensterstadt legt sich gleich lähmend auf unsere Sinne. Wir müssen uns auf einem großen freien Gelände am Hafen lagern, tagsüber unter sengender Sonne, nachts frierend vor Kälte. Dazu als Essen nur dünne Dörrgemüsesuppe. Die Folge ist, daß ich zum ersten Mal erfahre, was schwerer Durchfall ist. Dazu kommt, daß der blonde Heino aus Hamburg mit einem Arbeitskommando abtransportiert wird und vorerst nicht wieder zu uns zurückkehrt.

Endlich, nach drei Tagen, können wir den ungastlichen Hafen verlassen. Einige bleiben als Spezialisten da, um beim Aufbau der zerstörten Betriebe mitzuarbeiten. Wir anderen jedoch werden in Eisenbahnwaggons dirigiert und nach Krasnodar abgeschoben. Hier werden wir über das gesamte Stadtgebiet in verschiedene Lager verteilt. Ich werde in das Hauptlager gebracht, eine halbzerstörte ehemalige Kadettenanstalt aus der Zarenzeit. Von hier aus werden wir Tag für Tag in Lastkraftwagen zu den verschiedenen Arbeitseinsätzen im Stadtgebiet gefahren. Krasnodar, als Hauptstadt des Kubangebietes macht auf mich keinen schlechten Eindruck. Gewiß sind einzelne Bauten durch den Krieg zerstört. Aber es fällt einem nicht so auf, denn die Straßen sind breit und die Häuser niedrig. Viele Gärten und Bäume sind im Stadtbild zu finden. Dazu macht die Bevölkerung einen deutschfreundlichen Eindruck, was bei unserer Ankunft in Noworossijsk nicht der Fall war.

Eben denke ich noch an einen Arbeitseinsatz am Kubanfluß zurück, wo wir Holz verladen mußten. Wir wurden von unserem Posten mächtig angetrieben und sollten die schwere Arbeit fast im Laufschritt verrichten. Als wir spät abends unser Arbeitssoll erfüllt hatten, uns müde und erschöpft niederließen, um abzuwarten, wann man uns ins Lager holen würde, stand mit einemmal ein junges Russenmädchen mit Tränen in den Augen vor uns. Sie mußte uns schon eine Weile beobachtet haben und fing nun an, nachdem die Wachtposten sich zeitweilig zurückgezogen hatten, mit fliegenden Händen Tabak unter uns auszuteilen. Scheu um sich blickend wiederholte sie immer dieselben Worte: „Deutsche gut, deutscher Kamerad gut!"

Ein Lächeln der Erinnerung geht über mein Gesicht, als ich beim Steineputzen in der Ölfabrik an dieses Erlebnis denke. Da steht plötzlich, wie aus dem Boden geschossen, ein Aufseher vor mir. Er mußte beobachtet haben, wie ich, in Gedanken versunken, keine Steine mehr putzte. Mein Lächeln verfliegt auf der Stelle. Ich sehe in ein haßverzerrtes Gesicht. Mit leisen, aber drohenden Worten gibt er mir in deutscher Sprache zu verstehen, daß ich ein Saboteur sei, mich der Pflicht zur Wiedergutmachung entziehen wolle, und daß er mich bei meiner Lagerleitung anzeigen werde. Darauf reißt er mir den Hammer aus der Hand, greift einen Mauerstein, klopft darauf herum und spricht: „Arbeiten sollst Du. Nicht so: Tak – Tak – Tak, sondern so: Tak-Tak-Tak-Tak-Tak!" Dann schmeißt er mir das Werkzeug vor die Füße und geht davon. Tränen stehen jetzt in meinen Augen. Tränen der Trauer und des Zorns. Langsam nehme ich den Hammer zur Hand und klopfe weiter.

Am 2. Oktober liege ich nachmittags auf meiner Pritsche in der Baracke des Sägewerklagers. Eben sind die Arbeitskommandos wieder ausmarschiert. Ich habe sie singen gehört. Der Wachtposten befiehlt und es muß gesungen werden, obwohl den Gefangenen gar nicht nach Singen zumute ist. Ich brauche nun nicht mehr mit zur Arbeit. Bis zum letzten Sonntag habe ich mich noch quälen müssen, trotz Durchfall und zunehmender Entkräftung. Der deutsche Stabsarzt, Gefangener wie wir alle, hatte mich immer wieder zur Arbeit geschickt. Am letzten Sonntag war es dann passiert. Ich mußte an einem kilometerweiten Marsch durch Krasnodar zur Bade- und Entlausungsanstalt teilnehmen. Auf dem Hinweg konnte ich es nicht mehr aushalten und mußte mich mehrmals mitten in der Stadt in irgendeinem Winkel niederlassen. Dieser Vorfall wurde von einem älteren russischen Wachtposten beobachtet. Er rief den deutschen Stabsarzt zu sich, zeigte auf meine Elendsgestalt und brüllte diesen an, weshalb er mich hier mitmarschieren ließe. Den Rückmarsch brauchte ich dann nicht mehr mitzumachen. Ich wurde mit anderen Kranken auf einem LKW ins Sägewerk gefahren. Hier bin ich offiziell als krank gemeldet und kann mich ausruhen und versuchen, wieder zu Kräften zu kommen. Das ist nicht leicht bei Dörrgemüsesuppen, denn die gibt es noch immer.

Es stünde noch weit schlechter um mich, wenn nicht der gute Heino aus Hamburg wäre, der seinen Pritschenplatz wieder neben mir hat und mir manchen Happen nebenbei zukommen läßt. Er ist immer noch der alte Unverwüstliche. Soeben hat er mir in der Mittagspause ein Stückchen Wassermelone gebracht. Mit wahrem Heißhunger habe ich sie verzehrt und mir nun die wenigen Fotografien, die ich jetzt noch besitze, aus dem Brotbeutel hervorgeholt.

Auf dem einen Bild blicke ich keck unter dem schiefen Käppi als 17-jähriger Bursche in die Welt. Die Aufnahme ist vor einem Jahr gemacht worden. Heute scheint es mir, als wäre eine Ewigkeit seitdem vergangen. Was ist in diesem Jahr aus mir geworden? Der Körper ist abgemagert, das Gesicht eingefallen, der Kopf kahlgeschoren. Ich muß an meine Mutter denken, die heute am 2. Oktober ihren Geburtstag hat. Was mag aus ihr geworden sein? Ob sie noch lebt?

Meine Gedanken wandern zurück in den Sommer des vergangenen Jahres, als ich zu einem Lehrgang auf die Gebietsführerschule der Hitlerjugend in Oderbeltsch beordert worden war.

Oderbeltsch Juli 1944

An einem strahlend schönen Sommermorgen des Jahres 1944 sind auf dem Vorplatz des Schlosses Oderbeltsch, der Führerschule des Gebiets Niederschlesien, 50 Hitlerjungen zum Flaggenappell angetreten. Schnurgerade ausgerichtet, im grauen Drillichzeug mit rot-weiß-roter Hakenkreuzarmbinde steht diese Führerschaft und blickt hell und klar in den frischen Julimorgen. Der Schulungsleiter schreitet die Schloßtreppe herab, nimmt Meldung entgegen. Fünfzig Augenpaare fliegen ihm zu. Dann erschallt seine Stimme weit über den Schloßhof: „Augen geradeaus! Heil Hitler, Kameraden!" „Heil Hitler, Bannführer" grüßt es ihm aus fünfzig Jungenkehlen entgegen.

Es ist wahrhaftig so, daß diese 17-jährigen Burschen ein Herz und eine Seele mit ihrem Bannführer sind. Sie kennen ihn alle aus früheren Tagen und wissen, daß er ein Mensch ist, auf den sie sich verlassen können, ein ganzer Kerl, dem sie sich willig unterordnen. Sie wissen auch, warum sie aus allen Teilen Schlesiens zu diesem Lehrgang herangezogen worden sind. Ihre Einberufung zur Wehrmacht steht kurz bevor. Einige von ihnen haben sich kriegsfreiwillig gemeldet. Hier, auf der Gebietsführerschule, sollen sie sich noch einmal stärken und festigen lassen im Glauben an ihren Führer und an ihr deutsches Volk. Nicht lange mehr, dann werden sie diesen Glauben draußen an den Fronten unter Beweis stellen müssen.

> „Nun laßt die Fahnen fliegen in das große Morgenrot,
> Das uns zu neuen Siegen leuchtet oder brennt zum Tod!
> Denn, mögen wir auch fallen, wie ein Dom steht unser Staat.
> Ein Volk hat hundert Ernten und geht hundertmal zur Saat.!"

So steigt ihr Lied zum Himmel empor, schallt bis zum Waldrand und kommt von dort als Echo zurück. Dann stellt sich der Schulungsleiter dem Fahnenmast gegenüber auf, erhebt den rechten Arm zum Gruß und gibt das Kommando: „Hißt Flagge!" Langsam gleitet das Fahnentuch am Mast empor. Vier kräftige Fäuste packen in die Seile. Jetzt greift der Morgenwind in die Fahne, entfaltet sie, weitet das Tuch, und über Schloß und versammelter Mannschaft steigt das schwarze Hakenkreuz auf rot-weiß-rotem Grunde in den strahlenden Sommerhimmel.

Wenige Minuten später sitze ich inmitten der Fünfzig in einem der großen, hochfenstrigen Zimmer des Schlosses. Sonst geben uns in diesem Raume Offiziere der Wehrmacht Unterricht. Heute aber ist Sonntag. An der Stirnwand hängt in gewaltiger Größe ein Bild des Führers. In einen grauen Mantel gehüllt, den Kragen hochgeschlagen, blickt er ernst auf uns herab. Zu beiden Seiten des Führerbildes wallt rotes und schwarzes Fahnentuch. Hakenkreuz und Siegrune, die Symbole des Dritten Reiches stehen leuchtend vor unseren Augen. Ein kleiner, rotbehangener Tisch steht mitten unter dem Bild und trägt Hitlers „Mein Kampf". Seitlich davon, zur Innenwand des Zimmers hin, steht ein Podium. Auch dieses ist mit der Hakenkreuzfahne geschmückt.

Nun betritt der Schulungsleiter den Raum. Einer ruft: „Achtung!" Wir schnellen von unseren Plätzen hoch. Der Bannführer tritt vor das Hitlerbild, wendet sich uns zu und ruft uns auf zum Gruß: „Wir beginnen unsere Morgenfeier und grüßen unseren Führer mit einem dreifachen: „Sieg heil! Sieg heil! Sieg heil!" Donnernd bricht dieser Kampfruf aus uns Jungen heraus und dringt durch die offenen Fenster hinaus ins Freie. Dann stimmt der Bannführer mit seiner hellen Stimme singend an und mächtig fallen wir ein:

„Nichts kann uns rauben Liebe und Glauben zu unserem Land.
Es zu erhalten und zu gestalten sind wir gesandt.
Mögen wir sterben, unseren Erben gilt dann die Pflicht:
Es zu erhalten und zu gestalten. Deutschland stirbt nicht!"

Wir haben uns wieder hingesetzt. Der Schulungsleiter ist an den Tisch getreten, hat das Buch des Führers ergriffen und liest uns daraus vor. Er spricht von der Mission unseres deutschen Volkes, das von der Vorsehung zu Großem ausersehen ist. Wir dürfen stolz darauf sein, Deutsche zu sein, wir dürfen stolz auf unsere Vorfahren sein, wir dürfen stolz sein, in einer solch ruhmreichen Zeit wie der jetzigen zu leben. Zwar wissen wir, daß die Existenz unseres Volkes in diesem furchtbaren Kriege schwer bedroht ist, wie noch nie zuvor. Aber wir wissen auch, daß unsere Sache eine gerechte Sache ist. Wir Deutschen sind die Kreuzritter des 20. Jahrhunderts, die die hohe Aufgabe haben, das europäische Abendland vor der Sturmflut aus dem Osten zu beschützen.

So spricht der Bannführer. Dann stimmt er ein weiteres Lied an und wir singen mit. Die Worte des Liedes ergreifen und packen uns. Die altbekannte Melodie, der Rhythmus, alles geht uns wieder neu in Fleisch und Blut. So singen wir die letzte Strophe des Liedes als einen Schwur, als ein Bekenntnis:

„Und welcher Feind auch kommt mit Macht und List,
Bleibt nur ewig treue Kameraden!
Der Herrgott, der im Himmel ist, liebt die Treue
und die jungen Soldaten.
Und vor uns marschieren mit sturmzerfetzten Fahnen
Die toten Helden der jungen Nation und über uns
Die Heldenahnen. Deutschland! Vaterland! Wir kommen schon!"

Als der letzte Ton des Liedes weit draußen in der Ferne verklungen ist, hat unser Schulungsleiter das Podium betreten. Er spricht Worte aus Nietzsches „Zarathustra". Vom Sinn und der Notwendigkeit des Krieges sagen diese Worte. Alles in der Natur ist Kampf, Auslese des Besseren vom Schlechten. Wie im Tier- und Pflanzenreich, so ist es auch unter den menschlichen Völkern, die widerstandsfähigsten behalten das Feld. Die schwachen treten ab und sterben aus. Unser deutsches Volk ist in diesem Kriege in seine größte Bewährungsprobe gestellt. Besteht es diese, so wird es weiter leben und bahnbrechend für ein neues Jahrtausend der Weltgeschichte werden. Unterliegt es aber, so wird man einst, in späteren Jahrhunderten, nur noch vom Hörensagen von ihm wissen.

Die Worte des Bannführers beeindrucken uns tief. Es ist doch tatsächlich so in der Natur: der Stärkere behält das Recht! Es ist auch so, wie der Redner es sagt, daß der Kampf der Pflanzen und Tiere untereinander ohne Gnade und Barmherzigkeit geführt wird. Die Natur kennt kein Erbarmen. So müssen auch wir in dem jetzigen Lebenskampf unseres Volkes ohne Gnade und Barmherzigkeit sein. Alle Humanitätsduselei ist da fehl am Platze. Es gibt nur eine Wahl: Sieg oder Untergang!
Ergriffen schauen wir auf die Gestalt des Vortragenden. Es geht von ihm eine Begeisterung aus, die uns alle erfaßt. Er ist ein rechter Missionar seiner Idee. Hinter seinem Wort steht die Überzeugung, der Glaube.
Nun hat er seine Ansprache beendet. Wir erheben uns. Wieder stimmt er mit seiner klaren Stimme an und wir fallen dröhnend mit ein, singen den alten Friesenschlachtruf „Lever Dod, as Slav'!" Wir singen ihn als Kanon, erst eine, dann die zweite, dann die dritte Stimme und am Schluß wieder alle zusammen, so daß es gewaltig, feierlich und erhaben klingt: „Lever Dod, as Slav'!" Ja, lieber tot als Sklave sein! Das geloben wir uns in dieser Stunde.
An einem Donnerstagmorgen, Punkt 6 Uhr, gellt die Trillerpfeife über Treppen und Flure des Schlosses. Ihr durchdringender Schrei jagt 50 junge Burschen aus den Betten. Barfuß, nackt bis auf die schwarze Turnhose, springen sie die Treppen hinab, ordnen sich kurz vor der Freitreppe und

laufen dann mit langen elastischen Schritten in den Schloßpark hinein. Es ist ein prächtiges Bild, diese braungebrannten Jungenkörper am frühen Morgen sich tummeln zu sehen. Gleichmäßig federn ihre Leiber über den Waldboden, atmen ihre Lungen die frische Morgenluft ein. In wenigen Minuten haben sie 3000 Meter heruntergelaufen, sind ins Schloß zurückgekehrt und stehen nun prustend und schnaubend über ihre Waschtröge gebeugt. Während das eiskalte Wasser Kopf und Oberkörper umspült und die letzten, schläfrigen Gedanken vertreibt, arbeitet das Hirn langsam wieder in alter Frische. Es erinnert sich der Tageslosung, die vorhin nur mit einem kurzen Blick aufs schwarze Brett gestreift worden ist: „Gelobt sei, was hart macht!" Dieses Wort steht über dem neuen Tage und hat ihm auch seinen Namen gegeben, an den sich die Beteiligten noch lange erinnern werden. Tag der Härte wird dieser Tag genannt.

Ein Tag der Härte soll es auch werden. Die Jungen kommen von nun an nicht mehr zur Ruhe. Kaum haben sie ihr Frühstück beendet, ergeht der Befehl zum Appell auf dem Schloßhof. Nach dieser Musterung wird exerziert, einzeln und in Formationen, bis der Schweiß von der Stirn perlt und der Atem kürzer wird. Ist dies endlich überstanden, so ertönt ein neues Kommando: „Fertigmachen zur Geländeübung!" Es werden zwei Kampfgruppen gebildet, Angreifer und Verteidiger. Die Verteidiger übernehmen den Auftrag, ein elf Kilometer entferntes Gehöft auf kartenmäßig vorgeschriebenem Marschweg zu erreichen und sich dort festzusetzen. Die Angreifer bekommen einen anderen Marschweg zugewiesen, an dessen Ende ebenfalls jenes Gehöft liegt, aus dem die Verteidiger herausgehauen werden sollen. Mit fröhlichem Singsang auf den Lippen rücken beide Formationen ab, schleudern sich fürchterliche Schlachtrufe entgegen.

Kurze Zeit darauf ist es in beiden Gruppen still geworden. Jede geht ihre befohlene Marschroute, jede hat nur an die Erfüllung der Aufträge im Gelände zu denken. Die Angreifer gehen den längeren Weg im Schutze des Oderdeiches entlang, beschreiben an einzelnen Stellen das Gelände, schätzen Entfernungen, nehmen „Flieger- oder Panzerdeckung" und sind mit ganzem Ernst bei der Sache. Um 10.30 Uhr liegen sie dicht vor dem Gehöft, das erobert werden soll, dazwischen fließt ein breiter Bach. Die Brücke ist vom „Feind" besetzt. Da durchwatet kurzentschlossen ein Teil der Angreifer den Bach, um die Brückenbewachung von hinten zu umfassen, während die anderen von vorn den Übergang stürmen. Nun prallen die Jungen aufeinander. Es geht hart auf hart. Der Kampf zieht sich bis zum Gehöft hinüber. Punkt 11 Uhr wird das „Gefecht" abgebrochen. Keuchend und ausgepumpt formieren sich die Jungen wieder friedlich zum Abmarsch.

Da kommt auf einmal der Befehl: „Schlag 12 Uhr trifft sich alles auf dem Schloßhof!" Verdutzt schauen sich die ermüdeten Kämpfer an. Elf Kilometer in einer Stunde? Da werden wir den ganzen Weg im Dauerlauf zurücklegen müssen. So geschieht es auch. Sie machen sich auf und stehen zwei Minuten vor 12 Uhr mit keuchenden Lungen und fliegendem Pulsschlag vollzählig auf dem Schloßhof. Der Bannführer läßt antreten, spricht ein paar ermutigende Worte. Er freut sich, daß seine Jungen bis jetzt durchgehalten haben. Er ist der festen Zuversicht, daß sie auch bis zum Abend durchhalten werden.

Nach dem Mittagessen geht es sofort wieder weiter. Zwei Stunden Leibesübungen draußen auf dem Sportplatz. Während dieser Zeit finden die jungen Lehrgangsteilnehmer keine Minute Ruhe. Der Sportlehrer läßt alle Übungen im Laufen machen. Die zwei Stunden in sengender Mittagssonne werden ihnen zu Ewigkeiten. Dann endlich geht es zurück ins Schloß. Doch auch jetzt gibt es keine Pause. Das Drillichzeug wird angezogen und feldmarschmäßig steht in wenigen Minuten die Kolonne vor der Wehrkampfbahn. Mit Feldgepäck und Karabiner werden die Jungen an diesem Nachmittag dreimal über die Hindernisse gejagt. Dabei werden Zeit und Haltung bewertet. Zum Schluß findet noch ein Übungsschießen auf dem Schießgelände statt.

Als der Nachmittag zu Ende geht, beginnt der eine oder andere nun doch den Kopf hängen zu lassen. Die Glieder schmerzen, der Schädel brummt von der außergewöhnlichen Anstrengung des Tages. Noch einmal, vor dem Abendessen, erscheint der Lehrgangsleiter, um die Stimmung seiner Jungen auf die Probe zu stellen. Er läßt noch eine halbe Stunde lang hart exerzieren, kommandiert: „Hinlegen! Sprung auf, marsch, marsch! Hinlegen! Zurück, marsch, marsch!" Als er nachher die ganze Formation antreten läßt, sind einige dabei, die ihm nicht ins Auge blicken können. Das, was am heutigen Tage geschehen ist, war entschieden zuviel! Heute sind sie zu weit mit uns gegangen. Das hätte nicht kommen dürfen. So oder ähnlich denken sie im stillen. Doch nun hören sie die ruhige, begütigende Stimme ihres Leiters: „Kameraden! Ich freue mich, daß Ihr durchgehalten habt! Der Tag der Härte ist zu Ende. Ich bin stolz auf Euch und kann sagen, daß Ihr ganze Kerle seid. Vielleicht werdet Ihr mir später einmal für diesen Tag danken. Gelobt sei, was hart macht! Weggetreten!"

Nach dem Abendbrot bewegen sich fünfzig müde Jungen lautlos und langsam die Treppen empor, suchen ihre Zimmer auf, fallen in die Betten und schlafen den Schlaf der Erschöpfung.

Am nächsten Morgen weckt uns wieder das unbarmherzige Gellen der Trillerpfeife. Mit müden und zerschlagenen Gliedern treten wir zu unserem Waldlauf an. Doch bereits nach wenigen Metern ist alle Müdigkeit verflogen und der Körper hat sich der erneuten Beanspruchung angepaßt. Es ist erstaunlich, was ein junger und gesunder Leib an Kräften herzugeben vermag. Der neue Tag soll nun allerdings nicht mehr so stürmisch werden, wie es der vorangegangene war. Am Vormittag haben wir wehrkundlichen Unterricht an Karte und Sandkasten. Das ist eine schöne, erholsame Beschäftigung, bei der der Körper ruhen und der Geist sich bewähren kann. Ich liebe diese Unterrichtsstunden unter der Leitung eines jungen Oberleutnants.

Nach dem Mittagessen wird uns dann eine Nachricht verkündet, die uns aufhorchen läßt. Alle Stubenbelegschaften werden zu einem musischen Wettstreit aufgefordert, der am Abend im großen Saal des Schlosses stattfinden soll. Der Nachmittag ist zur Vorbereitung dieses Wettstreites freigegeben. Wir liegen auf unserer Stube mit acht Mann. Während der Zeit der Mittagsruhe gehen uns schon Gedanken durch den Kopf, wie wir am besten bei dem kommenden 'geistigen Ringen' abschneiden könnten. Unsere Gruppe bestimmte mich zu ihrem Leiter, weil ich mir kurz zuvor durch ein gelungenes Referat über 'Volk und Staat' die Achtung der anderen Lehrgangsteilnehmer verschafft hatte.

Als wir dann am Abend vor dem brennenden Kaminfeuer im Schloßsaal sitzen, steigt die Spannung von einer Darbietung zur anderen. In zwei Sparten versuchen wir uns gegenseitig zu überbieten. Zuerst in einem heiter – vergnüglichen Teil, in dem lustige Schwänke, Lieder und Gedichte vorgetragen werden. Unser Beitrag besteht in dem sogenannten „Hügeltratlied", welches das Schicksal eines liebeskranken Cowboys besingt. Darauf gelingt es mir, im zweiten, besinnlichen Teil, die versammelte Mannschaft mit einer weihnachtlichen Fronterzählung aus dem ersten Weltkrieg, worin der Sieg der Menschlichkeit inmitten der grausamen Härte des Krieges geschildert wird, in atemlose Stille zu versetzen. Auch unser anschließendes Lied von der „Hohen Nacht der klaren Sterne", mit dem wir an jenem sommerlichen Abend die friedliche Zeit der Weihnacht heraufbeschwören, hinterläßt einen nachhaltigen Eindruck. So ist es nicht verwunderlich, daß unserer Gruppe der Siegespreis zuerkannt wird. Er besteht in einem Buch des schlesischen Heimatdichters Hermann Stehr.

An einem Abend, kurz vor Abschluß des Lehrganges, hat mich der Schulungsleiter beiseite genommen und geht mit mir einen der vielen Wege im Schloßpark entlang. Er erkundigt sich nach mir. Er will so manches von mir wissen, von meinen Eltern, von meinem Beruf, von meinen privaten Interessen. Er fragt mich zum Beispiel, wer mein Lieblingskomponist sei, was ich vom Schminken der Frauen halte und ähnlich merkwürdige Fragen. Es freut mich, daß mal jemand so zu mir spricht, wie es jetzt der Bannführer tut. Ich merke, daß ich in ihm einen Freund gefunden habe und fasse unbedingtes Vertrauen zu ihm. Schließlich stellt er mir die Frage, ob ich nicht Lust hätte, die höhere Führerlaufbahn der Hitlerjugend einzuschlagen und die Reichsjugendakademie zu besuchen. Dieses Ansinnen kommt plötzlich für mich. Ich gehe eine Weile schweigend neben ihm her. Dann sage ich ihm, daß ich ja bereits einen praktischen Beruf erlernt und mich außerdem freiwillig zur Waffen-SS gemeldet hätte. Meinen Entschluß, unter der Siegrune zu kämpfen, könne ich nun nicht mehr rückgängig machen. Er erkennt meine Entscheidung an, fragt mich aber doch, ob mir nicht die Sache der deutschen Jugend am Herzen liegen würde und ob ich nicht nach Kriegsende weiterhin unsere Jugend führen und leiten wolle. Als ich ihn darauf mit einem fröhlichen „Ja, das will ich!" antworte, drückt er mir fest die Hand, blickt mich lange mit seinen klaren, blauen Augen an und spricht: „Gut, dabei soll es bleiben."

Spezialhospital Paschkowskaja 1945/46

Aus meinen Erinnerungen an die Juliwochen 1944 in Oderbeltsch werde ich plötzlich aufgeschreckt: „Alles raustreten!" So schallt es durch die Baracke. Wir Kranken verlassen unsere Pritschen und gehen nach draußen. Da sehen wir es, eine Kommission ist im Lager. Unsere Unterkünfte werden kontrolliert. Zum Schluß werden wir alle von einem russischen Arzt untersucht. Als wir wieder in unsere Quartiere dürfen, stelle ich mit Schrecken fest, daß fast alle meine Fotografien verschwunden sind. Auch sonst ist uns bei dieser „Filzung" manches weggenommen worden. Aber ein gutes Gerücht geht seitdem durchs Lager. Wir Kranken sollen im Lazarett des Hauptlagers unter ordentliche ärztliche Betreuung kommen und der deutsche Stabsarzt unseres Lagers soll abgelöst und zur Arbeit geschickt werden. Zehn Tage später ist es soweit. Wir sollen unsere Sachen packen, um in das Hauptlager gebracht zu werden. Ehe wir uns versehen, sitzen wir in einem Lastkraftwagen und fahren über holperige Straßen.

Ein weiteres Blatt im Buche meiner Gefangenschaft wird umgeschlagen. Das spüre ich. Der Abschied von Heino ist mir schwer geworden. Ich hatte mich so an ihn gewöhnt, daß ich mir jetzt einsam und verlassen vorkomme. Ob wir uns noch einmal wiedersehen werden?

Nicht lange Zeit bleibt mir zum Grübeln. Der Wagen hält im Hof des Hauptlagers, wir werden ausgeladen. Es ist tatsächlich ein neuer Abschnitt in meinem Gefangenendasein angebrochen. Wird es der letzte sein? Werde ich aus diesem Hauptlager in Krasnodar die heißersehnte Heimreise antreten? Wir wissen, daß hier die Heimkehrertransporte zusammengestellt werden. Ob ich wohl mit auf der Liste stehe?

Fragen über Fragen gehen durch meinen Kopf, als ich mich eines Tages, an eine Mauer gelehnt, von der milden Novembersonne bescheinen lasse. Mein Gesundheitszustand hat sich noch immer nicht gebessert. Als wir nach unserer Ankunft im Hauptlager einer russischen Ärztin vorgestellt wurden, hatte sie unseren Stabsarzt aus dem Sägewerk-Lager fürchterlich heruntergeputzt. Dieser wußte nichts zu sagen. Er stand vor ihr wie ein Schulbub, mit hochrotem Kopf. Auch bei mir wurde, wie bei vielen anderen, Dystrophie festgestellt, das heißt völlige Unterernährung. Zum ersten Mal seit vielen Monaten brauche ich nicht mehr in einer Baracke, in einem Zelt oder unter freiem Himmel zu kampieren, sondern habe meinen Schlafplatz im Kellergewölbe eines festen Ziegelbaues. Es wird erzählt, daß unser jetziges Hauptlager, ein großer massiver Gebäudekomplex, in der Zarenzeit als Kadettenschule gedient haben soll. In den Revolutionskämpfen sind dann die Gebäude zerstört worden und auch jetzt noch sind nur die Kellerräume, das Erdgeschoß und teilweise noch der erste Stock bewohnbar. Jeden Morgen werden die Arbeitsbrigaden von den Posten abgeholt und abends wieder zurückgebracht. Die Stimmung im Lager ist schlecht. Unverbesserliche erzählen zwar immer wieder, daß wir bestimmt noch vor Weihnachten heimfahren werden, aber es weisen keine Anzeichen darauf hin. Im Gegenteil.

Eines Abends werden Männer von einer Reiskolchose ins Krankenrevier gebracht, die uns haarsträubende Dinge von draußen berichten. Einige von ihnen machen noch in derselben Nacht die Augen zu, für immer. Es ist ja kein Wunder, denn auch für mich war die Einlieferung hierher die Rettung in letzter Stunde. Ich frage mich, wie viele andere auch: Was hat der Russe eigentlich mit uns vor? Will er uns kaputtmachen? Dann soll er uns erschießen, wir sind ja nur Gefangene. Aber er soll uns nicht auf diese elende Art verhungern und verrecken lassen.

Am 7. November ist arbeitsfrei. Das ist etwas Besonderes; denn einen Sonntag kennen wir Gefangenen nicht. In der ganzen Sowjetunion wird heute der Jahrestag der Großen Sozialistischen Oktoberrevolution gefeiert. Für uns bedeutet das einen Tag lang besseres Essen. Wir merken auch bei der morgendlichen Zählung, daß unsere Bewacher besser aufgelegt zu sein scheinen als sonst. Man hört Scherzworte über den Lagerhof hinweg. Aus einem großen Lautsprecher dröhnt Marschmusik.

Am Vormittag bekommen wir Besuch in unser Krankenrevier. Es ist ein Funktionär der antifaschistischen Lagerleitung. Er erzählt uns von der großen Oktoberrevolution des Jahres 1917, welche die russischen Völker von der Sklaverei der Zarenherrschaft befreit habe. Einige von uns grinsen. Er merkt es nicht. Er spricht weiter davon, daß nun das deutsche Volk von der faschistischen Tyrannei befreit worden sei und daß es nun einer glücklichen Zukunft entgegengehen kann. Im Osten Deutschlands, wo jetzt die Bodenreform eingeführt wird, sei der Anfang dazu bereits gemacht.

Ein Zwischenruf ertönt: „Was kümmert uns die Bodenreform! Gebt uns die Freiheit wieder! Laßt uns nach Hause fahren!" Da fängt der Funktionär an, auf uns zu schimpfen. Er nennt uns Erzfaschisten, Reaktionäre, unverbesserliche Hitleranhänger, ohne auf das drohende Knurren zu achten, das ihm von den Pritschen entgegenschwillt. Plötzlich weiß er sich keinen anderen Rat mehr als mit schreiender Stimme zu befehlen: „Ruhe! Keiner hat hier etwas zu sagen! Wir singen jetzt die Internationale und jeder hat mitzusingen, sonst könnt ihr mit dem Karzer Bekanntschaft machen!" Er stimmt das Lied an und tatsächlich beginnen einige Furchtsame mitzusingen. Nun geht er durch die Reihen und beobachtet, ob auch jeder mitmacht. Zwischendurch brüllt er: „Lauter! Lauter!" Das Ungeheuerliche geschieht. Am 7. November 1945 müssen halbverhungerte deutsche Kriegsgefangene im Hauptlager zu Krasnodar jenes Lied singen: „Wacht auf, Verdammte dieser Erde, die stets man noch zum Hungern zwingt!"

In dieser Stunde wird in den Herzen unserer Männer mehr Haß geboren, als in den vielen Wochen und Monaten ihrer Gefangenschaft, die schon hinter ihnen liegen. Ein Haß wird in ihnen geweckt gegen alles, was sowjetisch heißt und was sich in den Dienst dieser Sache stellen läßt.

Drei Wochen später, an einem kalten, trüben Novembertag werden die Schwächsten aus unserem Krankenrevier auf einen LKW geladen, um in das Spezialhospital nach Paschkowskaja gebracht zu werden. Ich bin mit dabei.

Der neue Aufenthalt für uns liegt etliche Kilometer vom Stadtzentrum entfernt. Aber die erste Fahrt ist vergeblich. Wir werden wegen irgendwelcher nicht erledigter Formalitäten wieder zurückgeschickt. In der beginnenden Abenddämmerung kommen wir wieder in Paschkowskaja an. Diesmal steht das Tor für uns offen. Als ich vom LKW heruntersteige, merke ich, daß ich Fieber habe. Die zweimalige Fahrt auf offenem Wagen, hin- und hergeschüttelt auf holperigen Straßen, ist mir nicht bekommen. Ich habe sowieso nichts zuzusetzen und nun noch das Fieber. Doch wie hat immer der blonde Hamburger gesagt? Zähne zusammenbeißen, eisernes Willens- und Gedankentraining! Ja, das kann man wohl, wenn man gesund ist. Aber beiß mal einer bei Fieber und Schüttelfrost die Zähne zusammen. Du beherrschst nämlich nicht das Fieber, das Fieber beherrscht dich. Wie ich über den Hof des Hospitals zur Badeanstalt wanke, spüre ich meine ganze elende Schwachheit und Hilflosigkeit angesichts der russischen Schwestern, die mit mitleidigen Blicken meine Jammergestalt verfolgen.

In der Badeanstalt geht es unendlich langsam voran. Ich sitze, schon halb ausgezogen, zitternd und vor Schüttelfrost bebend auf einer Bank. Es ist entsetzlich kalt geworden. Am Fenster wachsen Eisblumen. Als ich endlich an der Reihe bin und mit dem heißen Wasser in Berührung komme, schwinden mir die Sinne.

Ich bin wieder aufgewacht und liege in einem hohen Raum, der spärlich von einer matten Öllampe erhellt ist. Ich spüre mehr, als ich ihn sehe, den Krankensaal. Ein Gesicht beugt sich über mich. Ich erkenne unter der weißen Haube, von schwarzen Haaren umrahmt, das Antlitz einer Schwester. Zwei dunkle Augen blicken mich an, schimmern vor Freude. Vor Freude darüber, daß ich erwacht bin. Mir ist heiß. Ich möchte die Decke beiseite streifen. Zwei beruhigende Hände decken mich wieder zu. Eine leise Stimme spricht begütigende Worte, russische Worte, die ich nicht verstehe, aber ich weiß, daß es gute Worte sind. So schlafe ich bald ein. Die nächsten Tage verbringen die Schwestern unter Hoffen und Bangen. Sie mögen sich wohl fragen, wer Sieger bleiben wird, das schreckliche Fieber oder mein geschwächter Körper. Nun erfahre ich auch, daß sie es gewesen sind, die mich in der Nacht auf ihren Armen hierhergebracht haben.

Soweit ist es also mit mir gekommen, daß mich Frauen wie ein hilfloses Kind auf Händen tragen! Was bin ich denn überhaupt noch wert? Was kann der Menschheit ein solches Knochengerüst wie ich es bin noch nützen? Warum pflegen mich diese Schwestern eigentlich? Sie sollten mich ruhig schlafen lassen, schlafen lassen, bis ich nicht mehr aufwache. Im Bett neben mir liegt auch ein ganz junger Bursche. Ihn hat es anscheinend nicht so schwer erwischt. Er steht schon wieder auf und läuft umher. Doch ich bin fertig, zu schwach, mich überhaupt noch aufzurichten. Die Schwestern sind es, die mir mit immerwährender Geduld gut zureden, mich zum Essen ermahnen und darüber wachen, daß ich Sieger bleibe und nicht das Fieber.

Eines Morgens erwache ich durch gedämpftes Singen. Ich höre eine choralähnliche Melodie. Sie schwingt durch den Raum und weckt den Schläfer. Erst denke ich, daß es die Schwestern sind, die sonst auch oft bei der Nachtwache ihre schönen russischen Volkslieder singen. Aber diesmal sind es nicht die Schwestern, das merke ich. Auch ist es keine russische Weise, die da gesungen wird, denn sie kommt mir irgendwie bekannt vor. Da öffnet eine Schwester die Tür zum Nebensaal und ganz deutlich können wir es jetzt vernehmen, was da gesungen wird: „Großer Gott, wir loben dich! Herr, wir preisen deine Stärke!" Deutsche Kriegsgefangene singen am 6. Dezember 1945 im Hospital zu Paschkowskaja jenen Choral, den ich einmal als kleiner Bub vor meiner Schulklasse auswendig aufsagen mußte. Den russischen Frauen werden die Augen feucht. Auch mir geht es irgendwie nahe. Aber dann sage ich mir: „Wenn es wirklich einen Gott im Himmel gibt, dann könnte das nicht geschehen, was hier an uns geschieht. Wie kann das ein Gott mit ansehen, daß hier Menschen am lebendigen Leibe verhungern müssen. Wie können Menschen einem solchen Gott noch Loblieder singen?"

Der 24. Dezember unterscheidet sich für uns in nichts von jedem anderen Tage. Unsere Verpflegung ist: Frühmorgens eine dünne Scheibe Russenbrot, ein kleines Kügelchen Butter und ein Becher Tee. Das Mittagessen besteht aus einem Teller Suppe und Brei, der uns auf einer Untertasse gereicht wird. Am Nachmittag bekommen wir wieder eine dünne Scheibe Brot und versalzenen Schafskäse dazu.

Ich habe meine schwere Krise überstanden. Das Fieber ist weg. Man hat mich auf Zimmer 8 gelegt. Hier liegen kaum noch Schwerkranke. Ich fühle mich auch wieder wohler und habe einen unbändigen Appetit. Aber wie soll einer von den geringen Tagesrationen satt werden? Oder ich müßte es so machen wie mein Nachbar zur Rechten, der seine winzigen Portionen noch verschenkte, weil er meinte, als Kranker und Unterernährter eher nach Hause zu fahren. Aber er hat nicht durchgehalten. Vor ein paar Tagen hatten sie ihn auf einer Bahre fortgetragen, für immer. Nein, das möchte ich nicht. Hier will ich nicht begraben sein. Ich habe mir vorgenommen, wieder zu Kräften zu kommen. Deshalb tausche ich meine Tabakrationen gegen Brotscheiben ein. Es finden sich da immer Abnehmer. Auch auf unserem Zimmer liegt ein sehr starker Raucher. Er ist ein übler Geselle, brüstet sich als Weiberheld und erzählt blöde Witze. Ich halte ihn für einen Angeber, aber ich brauche sein Brot und er bekommt dafür meinen Machorkatabak.

Eben jetzt hat er wieder eine ziemlich ordinäre Geschichte erzählt. Da geht die Tür auf, ein älterer Kriegsgefangener kommt herein und tritt in die Mitte des Raumes. Trotz der Wolldecke, die er wegen der Kälte umgeschlagen hat, erkennen wir in ihm den Offizier. Als er zu sprechen anfängt, wissen wir es ganz genau. Es ist ein Pfarrer! Er bittet höflich, uns eine Andacht halten zu dürfen. Da sich kein lauter Widerspruch erhebt, fängt er an, uns von Weihnachten zu erzählen. Ich habe sogleich meine Decke über die Ohren gezogen und weiß, daß es andere genauso tun. Aber einige hören hin und ich höre auch, trotz der Decke. Der Pfarrer spricht mit fester, ruhiger Stimme, so daß jedes Wort zu verstehen ist. Doch ich will ihn gar nicht verstehen! Schließlich schaue ich wieder unter der Decke hervor und sehe die Augen einiger Männer glänzen. Sind es Tränen oder glänzen sie von etwas anderem? Ich kann das nicht verstehen, für mich ist die Sache sowieso schon unbehaglich. Als plötzlich die Tür aufgestoßen und der Redefluß des Pfarrers unterbrochen wird, bin ich froh. Eine kleine Schwester kommt mit einem Tablett klirrender Gläser und Medizinflaschen herein und ruft laut: „Kamerad, Schluß machen!" Der Pfarrer hört auf, macht eine Verbeugung gegen die Schwester und geht. Ehe er aber den Raum verläßt, bittet er uns noch, zu der anschließenden Weihnachtsfeier in den großen Saal zu kommen. Einige stehen auf und folgen ihm. Ich kämpfe mit mir. Doch dann bleibe ich liegen. Für mich ist Weihnachten vorbei. Aber der Schwester, die nun mit viel Lärmen und Schwatzen von einem Bett zum anderen geht, könnte ich, ich weiß nicht warum, an die Kehle springen.

Die kommenden Tage haben klirrenden Frost gebracht. Eingebettet in tiefen Schnee liegt das Hospital. Es soll früher einmal ein Lyzeum gewesen sein. Das kann man noch deutlich an der gesamten Anlage des Gebäudes erkennen. Zwei Stockwerke beherbergen mehrere Klassen, sowie eine große Aula mit einer Bühne. Früher mag hier ein emsiges Treiben vieler Mädchen gewesen sein. Heute sind in all den Räumen über 400 kranke deutsche Kriegsgefangene untergebracht. Die „schweren Fälle" haben Einzelbetten. Die anderen liegen auf langen Holzbrettern nebeneinandergeschachtelt wie in einer Ölsardinenbüchse. Aber es ist gut so, daß die Männer dicht zusammenliegen müssen. Draußen sind 35 Grad Kälte und drinnen bewegen sich die „Wärmegrade" um den Gefrierpunkt. Die Eisblumen an den Fensterscheiben vermag auch die Sonne tagsüber nicht mehr abzutauen. Zum Glück sind die meisten Fenster noch aus der Kriegszeit zugemauert, sonst wäre es noch kälter. Mein Bett auf Zimmer 8 steht aber ausgerechnet unter der Fensterwand, so daß ständig durch die undichten Scheiben ein eisiges Ziehen meinen Kopf umweht. Schließlich stellen zwei Kameraden ihre Betten in der Mitte des Zimmers zusammen, nehmen mich als dritten in ihren Bund und so kampieren wir tagelang mit drei Mann in zwei Betten.

Konnte man sich sonst noch die Zeit zwischen den heißersehnten Mahlzeiten mit dem Spiel selbstgefertigter Schachfiguren oder anderweitig vertreiben, so wagt es jetzt keiner mehr, die Hände unnötigerweise unter der Wolldecke hervorzuholen. Auch zu unterhaltsamen Gesprächen ist keiner mehr aufgelegt, selbst der üble Geselle an der Tür reißt keine Zoten mehr. Die anhaltende Frostperiode legt sich lähmend auf die Stimmung der Gefangenen. Die Kälte zehrt an den letzten Kräften der Männer. Es vergeht kaum ein Tag, daß nicht einer oder einige den letzten Weg getragen werden müssen. Wir sind sehr schweigsam geworden. Wir wissen, daß diese Leichen von jungen russischen Ärzten seziert werden, um dann irgendwo, nur oberflächlich, in die steinhart gefrorene Erde zu kommen.

Auch unser Zimmer hat seine Opfer hergegeben, zuletzt einen stillen, ruhigen Menschen namens Schwarz, der an der Mittelwand sein Bett hatte und eines Nachts still und friedlich eingeschlafen war. Er war nie groß in Erscheinung getreten, hatte sich auch kaum an unseren Gesprächen beteiligt. Doch war nach seinem Tode ein Neues Testament bei ihm gefunden worden. Das gab Anlaß zu neuen Gesprächen. Ich sehe noch das erstaunte Gesicht meines Bettnachbars, eines Österreichers, als ich ihm auf seine Frage, ob ich denn nicht auch an Gott glauben würde, antwortete: „Nein. Nun nicht mehr."

Wochen und Monate gehen dahin. Der grimmige Winter ist überstanden. Auch ich habe wohl das Schlimmste hinter mir. Einmal war ich mit Paratyphusverdacht in den Isolator eingeliefert worden. Man hatte mich aber falsch behandelt. Infolge verkehrter Spritzen bekam ich hohes Fieber und schwoll an Kopf und Gliedern fürchterlich an. Während in einer Nacht mein Hals dick wurde, daß ich zu ersticken glaubte, fegten Ratten durch das spärlich erhellte Zimmer. Ich weiß nicht mehr, wie ich das alles überstanden habe. Nun freue ich mich, daß diese böse Zeit vorbei ist. Aus dem Isolator bin ich längst wieder entlassen und nach einer Gastrolle im überfüllten Zimmer 4 nun auf Zimmer 5 gelandet. Hier liegen viele Ungarn. Aber von ihnen, wie von den Deutschen, scheint keiner richtig krank zu sein. Trotzdem hat jeder sein eigenes Bett in einem freundlichen, sonnigen Zimmer. Es liegen hier, das merke ich bald, irgendwie bevorzugte Männer.

Während ich an einem herrlichen Frühlingsmorgen, an meinem 19. Geburtstag, am Fenster sitze und in die erdduftende, sonnenüberflutete Gegend schaue, mache ich mir so meine Gedanken. Ich hatte mich in den letzten Wochen gut erholt. Das kam einmal daher, daß ich in letzter Zeit keinen Machorka, sondern guten Feinschnitt zugeteilt bekam und ich von nun an meine Tabakrationen bei den Küchenhelfern gegen doppelte Essen- oder Brotportionen eintauschte. Außerdem wurde ich bald selbst als Essenholer kommandiert und bekam dadurch manchen „Nachschlag" auf meinen Teller.

Eigentlicher Anlaß für meine Übersiedlung auf das Zimmer der „Bevorzugten" war folgende Begebenheit. Als ich vom Isolator auf das Zimmer 4 gelegt worden war, hatte ich bald die ganze Krankenhausatmosphäre gründlich satt bekommen und mich, soweit es ging, selbständig gemacht. Bei schönem Wetter trieb ich mich auf dem weiten Hof des Hospitals umher und beteiligte mich oft an einem „Gesprächszirkel" von sechs oder sieben Männern, die wenigstens noch andere Gesprächsthemen kannten, als nur das Thema Nr. 1: Essen. Bei schlechtem Wetter jedoch hatte ich meinen Stammplatz an einem Fensterbrett im Flur des Hospitals. Dort konnte ich stundenlang sitzen, zeichnen und malen oder Kreuzworträtsel entwerfen. Dabei hatte mich eines Tages eine Ärztin überrascht, eine kleine, schwarzhaarige Jüdin. Sie war eine schmächtige, zierliche Person, während unsere russischen Ärztinnen meistens blonde, stämmige Frauen waren. Sie unterstanden allesamt einer großen, grauhaarigen Oberärztin, die wir unter uns in respektloser Weise den „Dragoner" nannten.

Die jüdische Ärztin hatte mich also bei meinen Miniaturarbeiten, die ich auf winzigen Blättern ausführte, beobachtet, war hinter mir stehen geblieben und konnte nun, über meine Schulter blickend, erkennen, was ich gezeichnet hatte. Es waren zwei Bildchen. Auf dem einen war ein Nest mit einem Vogelpaar und einem jungen Vögelchen zu erkennen, auf dem anderen ein gefangener Vogel im Käfig zu sehen. Als mich die Ärztin fragte, was das bedeuten solle, sagte ich ihr: „Das Vogelpaar im Nest sind meine Eltern. Das kleine Vöglein dazwischen ist meine Schwester. Ich selbst aber bin der junge Vogel im Käfig." Daraufhin blickte sie mich erschrocken und mit traurigen Augen an. Schließlich bat sie mich mit leiser Stimme, ich sollte nicht mehr solche Bilder malen, es wäre nicht gut für mich. Von diesem Tage an hatte sie mich in ihr Herz geschlossen. Ihr habe ich es auch zu verdanken, daß ich hier auf der Stube der „Bevorzugten" liegen darf. Ich bin längst nicht mehr krank. Aber ich spüre, daß mich die jüdische Ärztin im Hospital behalten möchte, bis ein Transport in die Heimat abgeht. Sie wünscht, daß der gefangene Vogel wieder in sein Nest zurückfindet.

Von nun an sind es schöne Tage, die ich im Hospital zu Paschkowskaja verbringe. Mein Gesundheitszustand hat sich soweit gebessert, daß an meinem Körper nicht einmal mehr die Rippen zu sehen sind. Durch meinen ständigen Aufenthalt im Freien bin ich sogar schon braun gebrannt. Wenn ich mich morgens beim Waschen betrachte, kann ich es kaum noch glauben, daß ich vor Monaten todkrank gewesen bin. Ja, ich habe mir fest vorgenommen, alles zu tun, um mich bei Kräften zu halten und nicht als hautüberzogenes Skelett die Heimfahrt anzutreten. An meine baldige Heimreise glaube ich felsenfest. Ich weiß, daß mir jene jüdische Ärztin dazu verhelfen wird. So bin ich in diesen wunderbaren Frühlingstagen unbeschwert und eigentlich mit meinem Schicksal ganz zufrieden.

Manchmal stehe ich einsam auf dem Hof unter nächtlichem Sternenhimmel und male mir in Gedanken aus, wie es erst sein mag, wenn ich wieder daheim bin. Auch in unserem Gesprächszirkel, an dem ich mich oft beteilige, hört das Thema Heimfahrt niemals auf. Gewiß, wir versuchen uns auf alle mögliche Weise abzulenken. Wir spielen Schach, lernen Englisch und Russisch, berichten einander aus unseren beruflichen Fachgebieten oder kramen einfach in schönen Erinnerungen unseres Lebens. Zu unserem Kreis halten sich ein älterer Lehrer, ein junger Arzt, ein Organist, ein Filmfachmann und weitere Mitgefangene der verschiedensten Berufe. Wenn wir dann so richtig in Fahrt gekommen sind, tragen wir uns auch gegenseitig Gedichte, Balladen oder andere Werke deutscher Literatur aus dem Gedächtnis vor. Wo einer nicht mehr weiter kann, hilft ein anderer nach. Aber immer wieder enden unsere Gespräche bei dem einen Anliegen, welches am Tage unser ganzes Denken und nachts unsere Träume erfüllt, die Heimkehr.

An einem Maimorgen werden die Gesunden unverhofft in den „großen Saal" beordert. Dort steht einer auf der Bühne und liest schlecht, aber mit lauter Stimme aus einer Zeitung für deutsche Kriegsgefangene vor. Er leiert eine Zeitungsspalte nach der anderen herunter, verspricht sich oder verdreht Worte und Begriffe. So liest er zum Beispiel statt des Namens der spanischen Revolutionärin Passionaria das Wort Passionsarie und erntet schallendes Gelächter. Doch ich fühle mich durchaus nicht erheitert sondern eher angewidert. Schließlich verliest dieser Mann noch eine Nachricht, die mir wie ein Schock in die Glieder fährt. Er berichtet von den vielen Feierlichkeiten, die in aller Welt zu Ehren des 1. Mai veranstaltet worden sind. Unter anderem liest er auch von den Maifeiern in Polen und nennt Städte, in denen sie stattgefunden haben. Dabei fällt der Name einer polnischen Stadt, von deren Existenz ich vorher nie etwas gewußt hatte. Plötzlich geht es mir siedendheiß über den Rücken. Dies ist meine Heimatstadt Breslau mit ihrem neuen polnischen Namen Wroclaw. Also gehört sie jetzt zu Polen und meine Heimreise müßte ich demnach dorthin und nicht nach

Deutschland antreten. Diese Erkenntnis schmettert mich nieder. Zwei, drei Tage gehe ich völlig niedergedrückt umher und ahne nicht, daß noch neue, unerwartete Schwierigkeiten auf mich zukommen werden.

In einer Nacht bekomme ich plötzlich hohes Fieber und rasende Seitenschmerzen. Die Ärztin stellt eine Nierenkolik fest und läßt mich wiederum auf ein Isolationszimmer legen. Dort liege ich mehrere Tage fiebernd unter großen Schmerzen und erfahre, daß gerade jetzt eine Kommission im Hospital erschienen ist, um einen Heimattransport zusammenzustellen. Und ich liege auf der Isolierstation, bin also nicht mit dabei. Während draußen auf dem Flur ein emsiges Leben und Treiben herrscht, denn alle Krankensäle werden durchgemustert, liege ich transportunfähig und könnte vergehen vor Schmerz und Trauer. Wieder einmal geht eine große Gelegenheit an mir vorbei. Wieder erscheint jene jüdische Ärztin und versucht mich zu trösten mit dem Hinweis, daß bestimmt noch andere Transporte abgehen werden. Ich will mich jedoch nicht trösten lassen, sondern empfinde, daß sich alle Welt gegen mich verschworen haben muß. Mein ganzes Denken kreist nur noch um einen Punkt: Wie könnte ich jetzt noch mitfahren? Ich weiß genau, daß es bei meinem jetzigen Zustand nicht geht und doch, ich möchte es erzwingen.

Als nach Tagen das Fieber vorbei ist und die Schmerzen nachgelassen haben, erfahre ich, daß inzwischen mehrere in die Heimat entlassen worden sind. Die Ärztin hat mich auf einen späteren Termin vertröstet. Aber ich bin todtraurig und sie merkt es auch. Abend für Abend ziehen draußen vor unseren Fenstern junge Mädchen vorbei und singen ihre schwermütigen russischen Lieder in die Sommernacht. Ihr Gesang legt sich tatsächlich schwer auf mein Gemüt. Immer wieder frage ich mich: „Warum dürfen diese frei sein und ich nicht, was habe ich bloß getan, daß ich hier so schwer büßen muß?" Wenn der Morgen graut habe ich kaum geschlafen, aber meistens ist nach solch einer durchwachten Nacht ein kleines Gedicht entstanden, wie etwa dieses:

Kann einer, der daheim geborgen
empfinden, was das Heimweh ist?
Wenn es am Herzen nagt und frißt
und schwer der Kopf von vielen Sorgen.

Kann einer, der im Frieden lebt
ein` Deut nur ahnen, was es heißt,
wenn man noch jung und früh verwaist
durch ferne fremde Lande strebt?

Wenn man des Nachts zum Sternenzelt
empor in dunkle Höhen blickt
und heimwärts die Gedanken schickt
in eine längst entschwund'ne Welt.

Das kann ein Fremder nicht ermessen,
vielleicht ist er noch jetzt gerührt.
Doch weiter ihn der Alltag führt
und meine Zeilen sind vergessen.

Von diesem Zeitpunkt an geht mein Hospitalaufenthalt schnell seinem Ende entgegen. Nach drei Wochen bin ich von meiner Nierenerkrankung geheilt und kann mich wieder erholen. Als dann Mitte August noch einmal ein großer Heimtransport zusammengestellt wird, erscheine ich der Ärztekommission als junge, gutgenährte Arbeitskraft und werde nicht auf die Heimkehrerliste gesetzt. Das gute Wort, welches meine jüdische Ärztin für mich einlegt, wird verworfen. Ich bin zum Hierbleiben verurteilt. Kurz darauf sehe ich vom Fenster aus die meisten meiner Kameraden winkend an mir vorüberziehen. Sie dürfen dem Lande unserer Gefangenschaft für immer den Rücken kehren. Wir anderen aber bleiben zurück.

Vier Wochen später wird ein Arbeitskommando zusammengestellt und ich bin mit dabei. Als der LKW, auf dem wir verladen sind, Hof und Tor des Hospitals durchfährt, schauen zwei dunkle Augen hinter den Gardinen traurig auf uns herab. Sie haben schon viel Leid gesehen und müssen nun mit ansehen, daß man uns nicht nach Hause, sondern zu weiterem Arbeitseinsatz in den Vorkaukasus fährt.

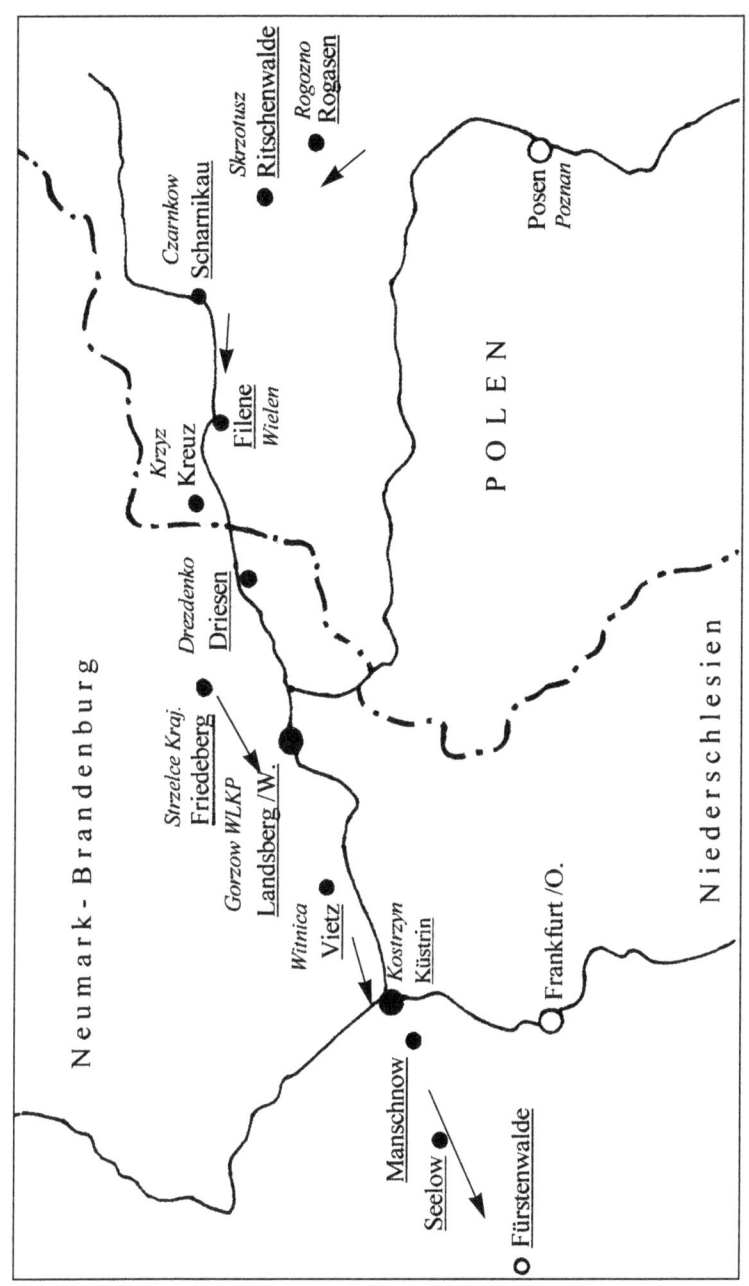

● *Orte auf dem Weg des Autors beim Rückzug im Januar/Februar 1945.*

49

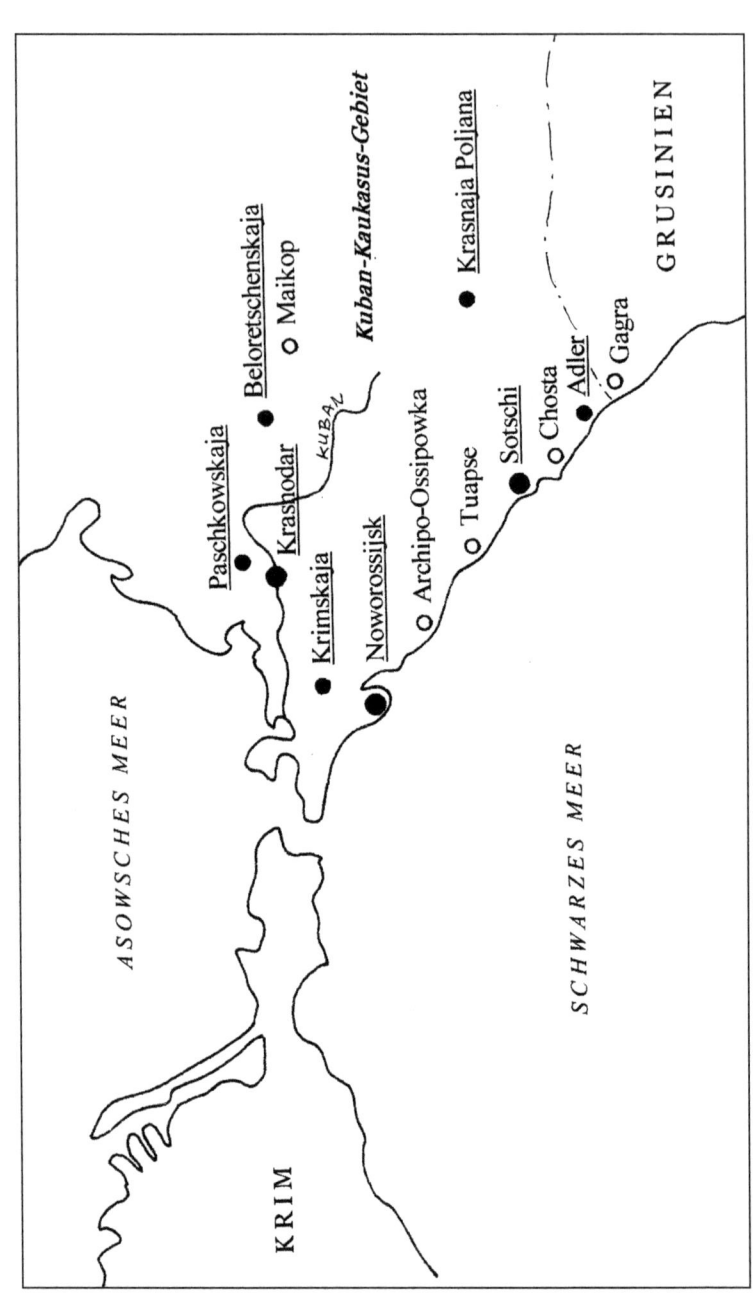

Gefangenschaftsregion 1945 bis 1949.

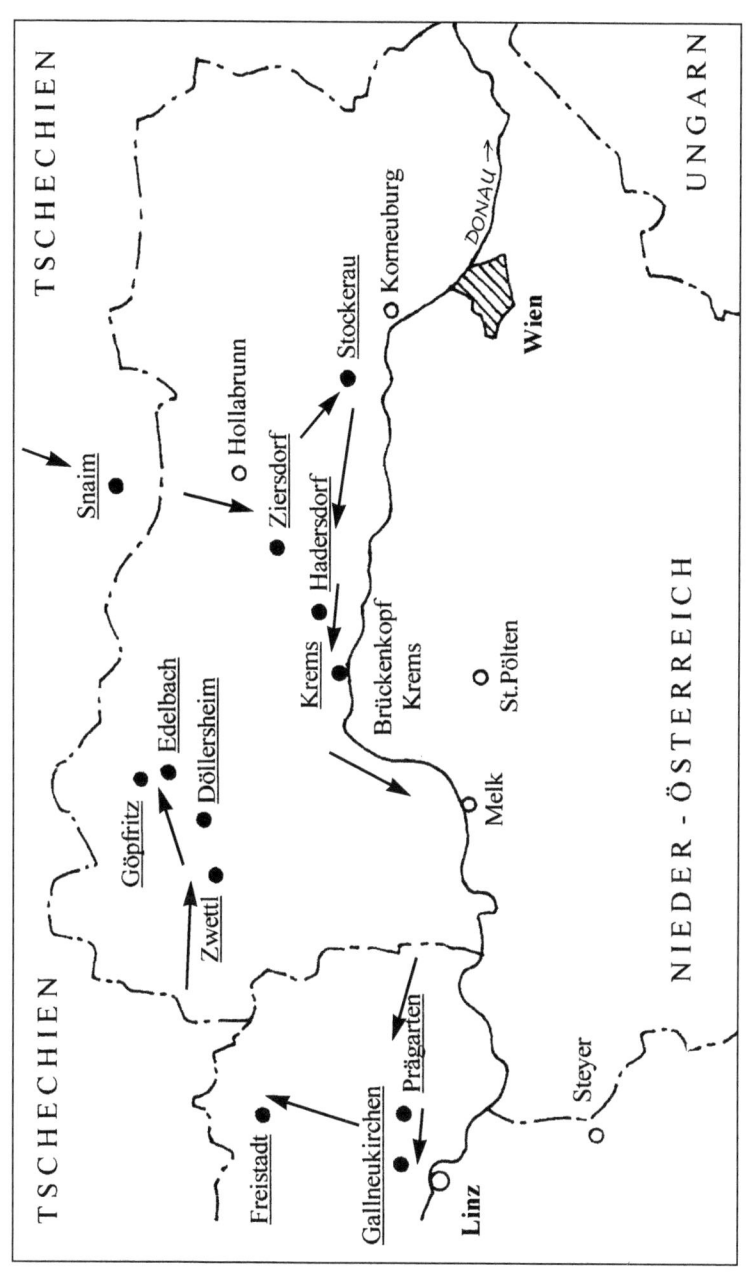

Kriegsende Mai 1945.

Der Autor als 16jähriger Kriegsfreiwilliger.

Das Hafengelände Noworossijsk im Jahr 2002.

Kamerad Rudi 1947 im Hafenlager Noworossijsk.

Wohltäterin Ina Solowika Simuplowka, Noworossijsk.

Ostergottesdienst 1948 im Hafenlager Noworossijsk. X Kamerad Willy; XX Major T.; XXX Kamerad Karl.

Kamerad Willy 1948 nach seiner Heimkehr.

Kamerad Günter 1948 nach seiner Heimkehr.

Der Autor im Frühjahr 1950 nach seiner Heimkehr in Lingen.

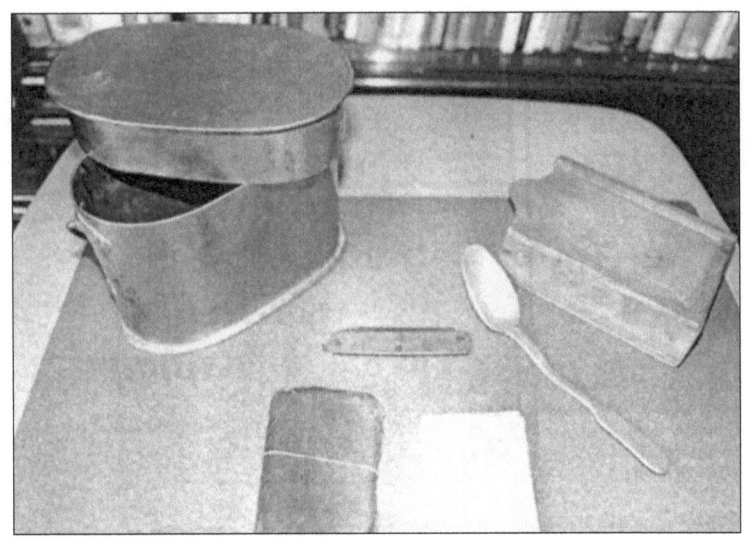

Erinnerungen an die fünfjährige Kriegsgefangenschaft des Autors: Neues Testament, Tagebuchaufzeichnungen, Kochgeschirr, Taschenmesser, Aluminiumlöffel, Waschkästchen.

Kamerad Karl 1950 nach seiner Heimkehr.

Der Autor 1954 zu seiner Ordination.

Kamerad Rudi, Privataudienz bei Papst Johannes Paul II.

Im Waldlager Krimskaja

Paschkowskaja liegt hinter mir. Nach fast neun Monaten Lazarettaufenthalt soll es nun wieder an die Arbeit gehen. Der LKW mit seiner Menschenfracht rollt durch die Abenddämmerung. Keiner von uns weiß, wohin es geht. Über uns leuchtet die schmale Mondsichel, passend zu der schwermütigen Stimmung dieses Herbstabends. Klein ducken sich die Häuser rechts und links am Weg in Maisfelder und sonnenblumenbewachsene Gärten. Mattes Licht dringt hier und da aus den Fenstern. Manchmal klingen schwach durch das Rattern des Motors die Klänge eines Liedes zu uns herüber. Wir sitzen eng zusammengekauert auf dem schwankenden Lastwagen. Keiner sagt ein Wort. Nach einer uns endlos erscheinenden Fahrt rollen wir um Mitternacht an einer langen Mauer entlang, welche die große Konservenfabrik in Krimskaja umgibt. Schließlich halten wir am Tor unseres neuen Gefangenenlagers. Die Kontrolle ist nur kurz und so können wir bald unsere Plätze in einer großen Fabrikhalle, die als Schlafsaal für uns eingerichtet ist, beziehen. Die ersten Tage am neuen Ort verbringen wir in Quarantäne. Dann werden wir zur Arbeit ausgemustert.

Es ist an einem merkwürdig heißen Septembertag, als ich vor der Ärztekommission stehe und zur Arbeitsgruppe 2 gemustert werde. Das heißt für mich in diesem Fall Abkommandierung zur Waldarbeit. Als einer von der deutschen Lagerleitung meinen Beruf des Technischen Zeichners erfährt, versucht er, mich im Lager zurückzubehalten. Aber die Entscheidung ist schon gefallen. Ich stehe auf der Liste für das Waldkommando.

Das Waldlager befindet sich mitten im Vorkaukasus. Ich merke gleich bei der Ankunft, daß wir uns hier freier bewegen können, als es in den bisherigen Lagern der Fall war. Es stehen da nur einige wenige Holzbaracken, von einem flüchtig zusammengestellten Stacheldrahtzaun umgeben. Die Leitung des Lagers liegt ganz in deutschen Händen. Nur ein paar Rotarmisten und Zivilisten sind für unsere Bewachung eingesetzt.

Das freiere Leben empfinde ich als wohltuend, obwohl mir in den ersten Tagen die Umstellung vom Lazarettleben zu der schweren Waldarbeit ziemlich über die Kräfte geht. Jedoch nach einigen Tagen habe ich mich daran gewöhnt. Frühmorgens werden die Arbeitsbrigaden von unserem Lagerleiter, einem Österreicher, eingeteilt. Danach begeben sie sich auf den langen Anmarschweg zu ihren Arbeitsstellen. Bei aller Schwere der Arbeit liegen für mich diese Herbsttage im Kaukasus unter einem stillen Glanz. Die verhältnismäßige Freiheit, die wir hier genießen, und die uns umgebende wunderschöne Bergwelt wirken auf mich beruhigend und geben mir mein inneres Gleichgewicht wieder. Dazu kommt noch, daß wir am Abend nach des Tages Arbeit vom Lagerleiter über die neuesten Ereignisse in der Welt unterrichtet werden. Er gibt sie uns kommentarlos aus den russischen oder ostdeutschen Zeitungen, die er erhält. Uns überläßt er es, eine eigene Meinung dazu zu bilden, so daß wir oft bis spät in die Nacht auf unseren Pritschen über das Gehörte diskutieren.

Erstaunlich ist die Offenheit, mit der unsere Landser die politischen Tagesfragen behandeln, eine Offenheit, die ich in dieser Weise in keinem anderen Lager mehr angetroffen habe. So wird uns auch eines Abends von der ersten großen Nachkriegsrede Churchills berichtet, die er in Fulton in Amerika gehalten hat. Darin hatte er die Sowjetunion, den Verbündeten von gestern, scharf angegriffen. In die nachdenkliche Stille, die nach dieser Mitteilung entsteht, platzt plötzlich einer hinein: „Also merkt Mister Churchill auch, daß er den verkehrten Bock geschlachtet hat!" Eine solche vorwitzige Äußerung hätte in anderen Lagern schwere Folgen gehabt. Aber hier konnte sie gewagt werden.

Der 2. Oktober 1946 wird für mich zu einem schwarzen Tag. Wir sind erst spät von der Arbeit im Wald zurückgekehrt und sollen nun noch einige Lagerdienste verrichten. Mir wird die Aufgabe zugeteilt, kleine Holzbündel zu spalten. Dabei hacke ich mich, infolge meiner Müdigkeit und der beginnenden Dunkelheit, in den linken Daumen. Die entstandene Wunde wird von einem Sanitätshelfer in unsachgemäßer Weise behandelt, so daß sie laufend unter dem Verband eitert und ich mehrere Tage unter starken Schmerzen zubringen muß. Ich habe aber kein Fieber und werde auch nicht krank geschrieben. Die einzige Erleichterung für mich ist, daß ich nun nicht mehr zum Fällen der Bäume, sondern zum Ausästen eingesetzt werde. Qualvoll sind für mich die Nächte, in denen ich oft stundenlang keinen Schlaf finde. Ende Oktober erscheint mit einem Mal eine russische Ärztin im Waldlager. Sie sieht sich meinen völlig vereiterten Daumen an und sorgt dafür, daß ich bei der nächsten Gelegenheit zu einer ordentlichen Behandlung nach Krimskaja zurückgebracht werde.

So bin ich denn wieder, wie schon oft, mit einigen Kameraden im LKW unterwegs. Wieder einmal fahren wir durch die Nacht. Wie bei unserer Herfahrt von Paschkowskaja sehen wir auch diesmal die Sichel des Halbmondes am Himmel liegen. Nach unten liegend, wie eine Melonenscheibe, leuchtet der kaukasische Mond auf uns herab. In Krimskaja werde ich dem sogenannten „Ungarnkommando" zugeteilt. Dies ist ein Straßenbaukommando, dem hauptsächlich Ungarn, aber auch einige Deutsche angehören. Wir werden jeden Morgen kilometerweit zu unserem Arbeitsobjekt gefahren und abends wieder ins Lager gebracht. Die Bewachung ist milde und die Ungarn legen ein solch gemütliches Arbeitstempo an den Tag, daß sich unsere arbeitswütigen Deutschen erst daran gewöhnen müssen. Oft unternehmen alle gemeinsame Streifzüge durch die umliegenden Rübenfelder. Anschließend werden Feuer angezündet und die geschmorten Zuckerrüben oder roten Rüben mit großem Wohlbehagen verzehrt. Melden die aufgestellten Wächter, daß ein russischer Posten oder Aufseher naht, stürzt alles wie besessen an die Arbeitsgeräte. In kurzer Zeit gleicht die Arbeitsstelle einem einzigen wimmelnden Ameisenhaufen, solange bis sich die Russen wieder verzogen haben. Wie wir damals auf unsere Arbeitsprozente und zu dem daraus resultierenden Normbrot gekommen sind, ist mir ein Rätsel.

Die Wochen beim Ungarnkommando sind für mich eine schöne Zeit. Sonntags haben wir arbeitsfrei. Ich benutze die freien Stunden, um meinen zeichnerischen Interessen nachzugehen. Aus der Lagerbücherei habe ich mir das Buch „Renata" von Julius Wolf entliehen und fertige zu meiner eigenen Freude Illustrationen dazu an. Auch hat der Leiter des antifaschistischen Lagerarchivs anscheinend Gefallen an mir gefunden, denn er trägt mir laufend kleinere Schreib- und Zeichenarbeiten auf, die ich dann nach Feierabend ausführe. Sie werden jedesmal mit einem Nachschlag aus der Küche belohnt.

Diese schönen Wochen werden für mich durch ein trauriges Ereignis zu einem jähen Abschluß gebracht. Eines Abends erscheint ein Offizier mit einigen Sergeanten in unserer Unterkunft und läßt uns alle der Reihe nach zur „Filzung" antreten. Dabei werden meine Zeichnungen entdeckt und dem weißhaarigen Offizier vorgelegt. Dieser mustert sie und mich mißtrauisch und fragt dann, wer mich diese Arbeiten anzufertigen geheißen hat. Als ich ihm darauf antworte, daß dies alles zu meiner eigenen Freude geschehen sei, lacht er höhnisch. Schließlich findet man bei mir noch eine Weltkarte aus einem Taschenatlas, die ich bisher durch alle „Filzungen" hindurchgerettet hatte. Das gibt ihm die Gelegenheit mich anzubrüllen, als einen Spion und Agenten zu verdächtigen und mir eine Karzerstrafe anzudrohen. Traurig lasse ich diesen sinnlosen Wutausbruch aus einem haßerfüllten Gesicht über mich ergehen und denke an den ähnlichen Auftritt mit dem jüdischen Aufseher in der Ölfabrik zu Krasnodar.

Noch eine andere schlimme Szene fällt mir ein. Vor wenigen Tagen erst hatten wir beim Straßenbaukommando sehr lange auf die Heimkehr ins Lager warten müssen. Es war schon längst dunkel geworden, aber unsere Fahrzeuge kamen nicht. Wir hatten uns ein Feuer angezündet und uns im großen Kreis darum versammelt. Auch der einarmige russische Aufseher, der uns begleitete, war mit dabei. Er fing mit einemmal an, uns Deutsche herauszufordern, fragte einige von uns, wieviele Russen sie im Krieg erschossen hätten. Er sagte, daß er alle Deutschen bis zu seinem Lebensende hassen würde, weil sie ihm noch kurz vor Kriegsschluß den rechten Arm zerschossen hätten. Als er mich erblickte, rief er mir zu: „Und du junger Kerl bist wohl früher auch hinter Hitler hermarschiert?" Dabei marschierte er im Paradeschritt mit seinem zum Hitlergruß erhobenen linken Arm einmal um das Feuer herum. Jetzt, angesichts des Wutausbruchs des russischen Offiziers, kommt mir der damalige Vorfall wieder in Erinnerung.

In der Folge dieses neuerlichen Zwischenfalls komme ich zwar nicht in den Karzer, werde aber vom Ungarnkommando zur Sandwäscherbrigade versetzt. Es ist dies gerade keine Schwerstarbeit, aber wegen der dabei üblichen ständigen Antreiberei durchaus keine beliebte Beschäftigung. Zeitweise werde ich zur Nachtschicht eingesetzt. Lieber aber ist es mir, wenn man mich mit anderen Kameraden tagsüber zum Sandsieben an ein ausgetrocknetes Flußbett im Vorkaukasus fährt. Dort verrichte ich dann meine Arbeit mit einem gleichaltrigen Burschen aus dem Sächsischen. Da wir in jener Zeit gerade dicht vor Weihnachten stehen, ist es verständlich, daß unsere Gespräche Tag für Tag um die Heimat kreisen. Ich bin dankbar, diesen jungen Menschen als Arbeitskameraden gefunden zu haben.

Kurz vor Weihnachten setzt plötzlich Schneefall und ziemliche Kälte ein. Dabei geschieht etwas, was ich bisher weder erwartet noch für möglich gehalten hätte. Man beginnt, uns Gefangene kulturell zu betreuen. Wir werden während eines Appells davon unterrichtet, daß wir in Kürze einen richtigen Tonfilm zu sehen bekommen würden. Die Freude unter den Landsern ist groß. Tatsächlich wird eines Tages alles zum Kinobesuch kommandiert. Obwohl der Inhalt noch unbekannt ist, freuen sich schon alle darauf, einmal eine andere Umgebung als nur die ihrer Gefangenschaft zu sehen.

Die Wochenschau bringt Bilder von einer Pariser Ministerkonferenz. Man erblickt wieder einmal, wenigstens auf der Leinwand, Herren im Frack und Damen in eleganten Kleidern. Es folgen Streiflichter von irgendwelchen Festlichkeiten mit viel Musik und Tanz und schönen Frauen, für uns Bilder wie aus einem Märchen. Es fällt ja auch schwer zu glauben, daß es außer unserem Gefangenendasein noch ein anderes Leben geben könnte. Nach der Wochenschau folgt der Spielfilm und reißt unsere Männer in die grausame Wirklichkeit zurück. Man zeigt uns einen Kriegsfilm mit all den Greueln, die von deutscher Seite begangen wurden oder begangen worden sein sollen. Gerade so, als wollte man damit dokumentieren, daß wir jedenfalls kein Recht auf eine andere Existenz hätten, als die uns hier zugedachte. Bedrückt und traurig marschieren wir wieder in das Lager.

Der Anfang aber ist gemacht. Wir werden fortan wirklich kulturell betreut. Mitunter bekommen wir auch schöne russische oder amerikanische Spielfilme zu sehen. Es gibt eine geordnete Lagerbücherei und sogar eine Kulturgruppe mit einer kleinen Lagerkapelle und einem Theaterzirkel. Die Künstler haben den Vorzug, daß sie sich, wie die Lagerführung und die Antifaschisten, eine normale Frisur anlegen dürfen, während alle anderen den Gefangenenhaarschnitt tragen müssen. Die Kulturabende werden gut besucht, bringen sie doch die einzige Abwechslung im eintönigen tagaus, tagein unseres Lebens hinter Stacheldraht.

Das Weihnachtsfest kommt schneller herbei als gedacht. Am Heiligen Abend wird noch bis zum Schluß gearbeitet. Müde kehren die Arbeitsbrigaden ins Lager zurück. Im Speiseraum wird ein kleiner Weihnachtsbaum aufgestellt. Die Lagerkapelle spielt ein paar Weihnachtslieder, aber es kommt keine rechte Stimmung auf. Der Antifa-Leiter hält eine kurze Rede. Doch auch ihm sind die Tränen näher als die Weihnachtsfreude, von der die Lieder singen. Zuletzt tritt noch der jüdische Normbearbeiter des Lagers auf, um jene Brigaden anzuprangern, die ihr Arbeitssoll nicht erfüllt haben und um die gesamte Lagermannschaft zu intensiverem Arbeitseinsatz aufzurufen. Damit wird der letzte Rest einer Weihnachtsatmosphäre zerstört und so endet der Heilige Abend 1946.

Der erste und der zweite Weihnachtsfeiertag gehen ebenfalls, mit Arbeit angefüllt, sang- und klanglos vorüber. Schließlich setzt uns der letzte Tag des Jahres noch in eine ganz besondere Aufregung. Ein Gerücht geht um. Das ganze Lager soll geschlossen werden. Keiner weiß etwas Genaues, aber überall werden Parolen erzählt. Die Männer laufen umher wie in einem Ameisenhaufen. Tatsächlich ist das Gerücht diesmal keine leere Parole. Gegen Mittag kommt für das ganze Lager der Befehl zum Aufbruch. Einige halten hartnäckig an der These fest, daß es in die Heimat ginge. Als aber nachher die lange Kette der überfüllten Lastwagen mit uns in Richtung Kaukasus davonfährt, hat es auch der letzte begriffen, daß es zwar in ein neues Jahr der Gefangenschaft, aber nicht nach Hause geht.

Im Hafenlager Noworossijsk

Die Verlegung des Lagers Krimskaja nach der Hafenstadt Noworossijsk am Schwarzen Meer endete für uns in einer Tragödie. Bei der Abfahrt hatten wir schon gemerkt, daß einige unserer russischen Kraftfahrer ziemlich angeheitert waren. Unterwegs hielten sie nochmals an, um wiederum Alkohol zu „tanken". So war es denn kein Wunder, daß auf der letzten Strecke durch die Berge ein nächtliches Wettrennen zwischen den Fahrern entbrannte, dessen Folgen wir zu tragen hatten. In wahnsinnigem Tempo wurden wir so in den überfüllten Lastkraftwagen die Serpentinenstraße bergauf und bergab gefahren, daß wir uns mit aller Gewalt festklammern mußten, um nicht über Bord zu gehen. Dazu hatte ein eisiger, orkanartiger Wintersturm eingesetzt, dem wir in unseren offenen Lastwagen hilflos ausgesetzt waren. Wir waren heilfroh, als wir mitten in der Nacht, durchgefroren, aber mit gesunden Gliedern, im Hafenlager Noworossijsk ankamen. Es hatte mehrere Tote und Verletzte gegeben.

Unter diesen unglücklichen Vorzeichen begann unser Einzug in das neue Lager. In dessen Mitte stand eine große massive Steinbaracke, in der ein Raum für uns freigemacht worden war. Unsere Vorgänger waren in den hinteren Teil des Gebäudes verlegt worden und hausten nun neben- und übereinander. Auch wir, die nun den vorderen Bereich als Neulinge bezogen, hatten kaum Platz, um uns nur etwas zu bewegen. Dazu herrschte in der Steinbaracke eine eisige Kälte. Es waren zwar Öfen vorhanden, aber sie durften auf Befehl des russischen Lagerkommandanten nicht geheizt werden. Kurz zuvor war eine andere Baracke durch irgend eine Unvorsichtigkeit völlig niedergebrannt. Deswegen war es verboten, in der unversehrten Baracke mit Feuer umzugehen. Die alteingesessenen Lagerangehörigen hatten sich diesem Befehl schon gebeugt. Aber wir Neulinge, von der Fahrt durchfroren und ausgehungert, hatten einfach einen Ofen angeheizt, um uns abwechselnd daran zu wärmen oder um trockenes Brot und Maiskörner zu rösten. Nicht lange danach flog die Tür vom Nebenraum auf und ein deutscher Kompanieführer brüllte uns an, wie wir dazu kämen, den Ofen anzuheizen. Nun erfolgte etwas, worin die ganze Not und Qual der Gefangenen zum Ausdruck kam. Sie umringten den Eingetretenen und begannen auf ihn einzudringen: „Du Lump, mach daß du rauskommst! Mensch, wir schlagen dir die Knochen kaputt! Bist du überhaupt noch ein Deutscher? Wollt ihr uns alle hier verrecken lassen? Erschießt uns doch gleich!" Mit diesen Worten bedrängten sie ihn, so daß er nur mit Mühe und Not der angestauten Wut der Männer entrinnen konnte. Allerdings kam er kurz darauf mit Unterstützung einiger Russen zurück und der Ofen wurde tatsächlich gelöscht. Mir aber war klar geworden, was unter Umständen hier hätte geschehen können.

Ein ähnlicher Fall, wenn auch anders gelagert, hatte sich schon einmal in Krimskaja zugetragen. Im dortigen Lager befand sich ein junger langer Mann. Dieser wurde der Einäugige genannt, denn er hatte anscheinend im Kriege das eine Auge verloren. Er stand schon lange im Verdacht, seine Kameraden zu bestehlen. Ich kannte ihn von verschiedenen Arbeitseinsätzen her und hätte ihm das niemals zugetraut. Doch eines Tages, wir waren gerade ins Lager zurückgekehrt, erscholl aus unserer Unterkunft ein entsetzliches, fast tierisches Gebrüll. Da hatten ihn einige Männer gerade auf frischer Tat ertappt. Im Handumdrehen hatten sich mehrere der von ihm Geschädigten auf ihn gestürzt und zu Boden geworfen. Trotz seiner lauten Schreie bearbeiteten sie seinen Körper mit Händen und Füßen und schlugen ihn halb tot. Ein deutscher Lageraristokrat stand auch mit dabei, um die Entfesselten aufzuputschen. Wäre nicht gerade ein russischer Posten erschienen, so hätte man den Einäugigen wahrscheinlich totgetrampelt. So aber kam er ins Lazarett und ist erst nach Wochen wieder entlassen worden. Mir wurde dabei zum ersten Mal schlagartig klar, daß eine solche Gefangenschaft, wie wir sie durchleben mußten, Menschen in Bestien verwandeln konnte.

Doch das neu begonnene Jahr 1947 sollte mich noch tiefer und schwerer in die Nöte unseres erbärmlichen Daseins hineinziehen. Gleich am 2. Januar wurden wir Neulinge zusammen mit den alten Lagerinsassen zur Arbeit eingeteilt. Unser Weckruf am Morgen war das Geheul einer handgetriebenen Luftschutzsirene. Nach der dünnen Frühstückssuppe ging es dann gleich truppweise in das pfeifende Schneetreiben hinaus. Ich war dem Hafenkommando zugeteilt worden. Unser Trupp torkelte kilometerweit über verschneite Eisenbahnschwellen zu den Kaianlagen. Unsere Aufgabe war, ein rumänisches Schiff zu entladen. Das Mittagessen konnte uns nicht zum Hafen gebracht werden, so daß wir ohne einen Bissen bis zum Feierabend arbeiten sollten. Ich hatte jedoch um die Mittagszeit einen Schiffskoch getroffen und ihm durch Zeichen zu verstehen gegeben, daß er mir mein Kochgeschirr füllen möchte. Er lehnte es auch nicht ab, sondern füllte es mir mit fettem, aber kaltem Schweinefleisch. Ich stürzte mich über das unerwartete Mittagsgericht und machte das Kochgeschirr restlos leer. So konnte ich bis zum Abend durchhalten.

Bei Anbruch der Dunkelheit wurde unsere Arbeit eingestellt und wir begaben uns durch den anschwellenden Schneesturm auf den Heimweg. Mühselig erkämpften wir uns jeden Schritt und waren sehr erschöpft, als wir wieder im Lager ankamen. In unseren Unterkünften erwarteten uns angenehme und unangenehme Überraschungen zugleich. Angenehm war, daß wir durch das Einsehen des russischen Lagerkommandanten die Öfen wieder heizen durften. Allerdings mußte immer eine Feuerwache dabei sein. Unangenehm war, daß die dadurch entstehende Wärme die Schneedecke auf dem defekten Dach zum Schmelzen brachte und nun das Schneewasser auf unsere Schlafstätten rieselte und auf dem Fußboden große Pfützen bildete. Die Strohsäcke auf den Metallbetten waren durchnäßt, ebenso die Schlafdecken.

Die folgende Nacht verbrachten wir in hockender oder sitzender Stellung, aber nicht im Liegen. Inzwischen war der Schneesturm zu orkanartiger Stärke angeschwollen. Mehrere Männer mußten auf das Dach, um es mit Steinen zu beschweren. Als der Morgen graute, tobte der Sturm mit unverminderter Heftigkeit. Einzelne, die unsere Baracke verlassen hatten, wurden von der Gewalt des Windes erfaßt und gegen den Stacheldrahtzaun getrieben, von dem sie sich erst auf allen Vieren kriechend lösen konnten.

Drei Tage dauerte dieser furchtbare Schneesturm, der für uns allerdings die Vergünstigung brachte, daß keine Arbeitsbrigaden eingesetzt wurden. Ich kam durch diese Ruhepause wieder etwas zu Kräften und wandte mich einer neuen Beschäftigung zu. Einige Kameraden hatten sich aus Aluminiumblechen Tabakdosen, Medaillons und andere Gegenstände angefertigt. Ich fing nun an, ihnen diese Sachen zu verschönern, indem ich sie mit allerlei Gravierungen verzierte. Da ich meinen Tabak immer gegen Brot eintauschte, konnte mir die Mangelernährung mit dünnen Wassersuppen nicht allzusehr schaden, während andere Kameraden mit Hungerödemen und Wassersucht ins Krankenrevier eingeliefert wurden.

Am 6. Januar hatte der Sturm nachgelassen und wir fuhren wieder auf die Arbeitsobjekte, die in der Stadt verteilt waren. Ich kam diesmal zu einer Kolonne, die auf einem Bauplatz in der Straße „Sacco i Vancetti" eingesetzt wurde. Die Tage auf diesem Arbeitsplatz führten mich zu einer Begegnung, die für meine künftige Einstellung zum russischen Volk entscheidend werden sollte.

Es war am zweiten Tag unseres Einsatzes in der genannten Straße. Bei der Arbeit am Vormittag waren uns fast die Hände an den Brechstangen festgefroren. Unsere Kleidung war schlecht und hielt die Kälte nicht ab. Ich arbeitete wieder mit jenem jungen Sachsen zusammen, mit dem ich schon in Krimskaja Sand gesiebt hatte. Gegen Mittag hatten wir acht Kameraden uns in den Flur eines Hauses zurückgezogen, um uns vor der beißenden Kälte zu schützen, und die dürftige Mittagsmahlzeit zu verzehren. Plötzlich geht die Tür auf und eine grauhaarige Dame schaut kurz in die Runde. Sie winkt uns beiden Jüngsten, zu ihr zu kommen. Wir folgen ihr in das Nachbarhaus in der Erwartung einer willkommenen Nebenarbeit, um dafür etwas Eßbares zu erhalten. Sie aber führt uns gleich in die Küche an den warmen Herd, bittet uns auf Stühlen Platz zu nehmen und bereitet uns einen Imbiß aus Brot und kleinen, wohlschmeckenden Fischen. Dabei sagt sie, daß sie uns gern etwas Besseres anbieten würde, wenn sie es hätte. Danach unterzieht sie unsere Kleidung einer eingehenden Prüfung, holt für jeden von uns eine warme Unterziehweste und Pulswärmer herbei und murmelt immerzu auf russisch die Worte: „O wie jung seid ihr doch, wie jung seid ihr doch." Aber sie spricht auch ein verhältnismäßig gutes Deutsch und erzählt uns nun leise, daß ihr Mann ein überzeugter Kommunist sei und uns nicht hier erwischen dürfe. Er hasse alle Deutschen. Sie selbst habe auch in beiden Kriegen viel Schweres erlebt und durchmachen müssen, aber deshalb könne sie uns nicht hassen. Sie glaube, daß es nur ganz wenige wirklich böse Menschen gibt, die dann die anderen zwingen, sich am Bösen zu beteiligen. Sie spricht mit uns, als wäre sie unsere Mutter, die den Söhnen gute Ratschläge aus ihrer Lebenserfahrung mit auf den Weg gibt.

Wie wohltuend empfinden wir ihre Worte. Hat doch seit Jahr und Tag niemand mehr so mit uns geredet. Schließlich holt sie noch ein paar Fotos aus ihrer Jugendzeit herbei. Danach muß sie früher ein hübsches Mädchen gewesen sein. Auf einem Bild lacht sie hinter einem Tennisschläger hervor, auf einem anderen sieht man sie als junge Krankenschwester in einem Lazarett während des Ersten Weltkrieges. Sie habe schon damals viele deutsche Verwundete gepflegt, sagt sie uns. Als wir uns an der Tür verabschieden, ruft sie uns nach: „Kommen Sie wieder, kommen Sie wieder!" Wir sind danach noch einige Male über Mittag bei ihr gewesen. Immer stand etwas für uns auf dem Tisch.

Trotzdem ging es mit mir infolge der großen Kälte, der schweren Arbeit und der schlechten Verpflegung immer mehr bergab. Als ich schließlich nach drei Wochen von einer Ärztekommission als „Dreier" gemustert und nur noch zu leichten Lagerarbeiten herangezogen wurde, kam mir erst zum Bewußtsein, was ich meiner lieben Ina Solowika zu verdanken hatte. Durch ihre mütterliche Zuneigung bewies sie, daß es in der unmenschlichen Umgebung, in der wir leben mußten, noch menschliches Verstehen und Handeln gab. Sie steht seit jenen Tagen vor meinen Augen als das unverzerrte Bild des russischen Menschen. So mußte ich bereit sein, meine bisherigen, vom Nationalsozialismus geprägten Anschauungen völlig zu revidieren. Sie ist es gewesen, die in mir Verständnis für das Wesen des russischen Volkes geweckt hat, entgegen aller NS-Propaganda.

Eine zweite, für mich sehr folgenreiche Begegnung fiel ebenfalls in die Januartage des Jahres 1947. Da ich nun nicht mehr außerhalb des Lagers eingesetzt wurde, hatte ich wieder mehr Zeit für mich selbst. Allerdings nutzte ich meine freie Zeit nicht mehr zum Zeichnen und Verseschmieden, sondern fing nachdenkend an, Klarheit über mein eigenes Leben zu bekommen. Meine bisherigen Vorstellungen waren ja immer noch von den Jahren der Hitler-Jugend her geprägt. Für mich hatte bislang felsenfest gestanden: 1. Wir haben für eine gerechte Sache gekämpft, aber ungerechterweise diesen Krieg verloren. 2. So wie es unsere Führer immer gesagt hatten, bekommen wir nun an uns selbst zu spüren, was es bedeutet, im Lebenskampf unseres Volkes zu versagen. Mein eigenes Leben hatte ich bisher als untrennbar mit dem Gesamtschicksal meines Volkes verhaftet gewußt, und zwar in der Weise, daß der Niedergang meines Volkes zugleich und folgerichtig mein persönlicher Niedergang sein mußte. Trotzdem war in mir die Sehnsucht nach einem Neuanfang vorhanden, um dem körperlichen und seelischen Verkümmern Widerstand zu bieten.

Durch das Studium vieler Bücher versuchte ich, mir Klarheit über mich selbst zu verschaffen und über die Welt, in der ich lebte. Ich entlieh mir aus der gut bestückten deutschen Lagerbibliothek Werke der Klassiker und zeitgenössischer Autoren. Ich beschäftigte mich das erste Mal in meinem Leben auch mit marxistischer Literatur. Wenn es dabei nur zu einer reinen Wissensaneignung kam und sich kein echtes Interesse für das Anliegen der Väter des Marxismus entwickelte, dann wohl deswegen, weil die Praxis unseres Kriegsgefangenenalltags alle niedergeschriebenen Ideen tagtäglich widerlegte. Die Schlagworte Sozialismus, Solidarität, Gleichberechtigung aller Menschen waren vor unseren Augen genauso zu hohlen Phrasen verkommen, wie die früheren Ideale einer Volksgemeinschaft und Kameradschaft bis zum Tod. Ich konnte nicht anders, als kopfschüttelnd immer wieder festzustellen, wie weit doch im Umkreis meines Lebensbereiches die soziale Idee und ihre Wirklichkeit auseinanderklafften.

Neben der überwiegend marxistischen Literatur kamen mir aber auch andere Bücher, zum Beispiel die eines Schopenhauer oder Herder in die Hände. Während ich nach anfänglichem großem Interesse Schopenhauer bald wieder beiseite legte, kam ich von den Anschauungen Herders zur Schaffung einer besseren, friedlichen Menschheit so schnell nicht wieder los. In seinem Werk „Briefe zur Beförderung der Humanität" glaubte ich endlich das gefunden zu haben, worauf es sich lohnt, ein Menschenleben aufzubauen.

In diese Zeit, in der ich mit dem „Michselberfinden" beschäftigt war, fiel nun die Begegnung mit einem Kameraden, der mir dann später als treuer Freund zur Seite gestanden und mit mir zusammen um die Sinngebung unseres Lebens gerungen hat. Diese Begegnung verlief so: An einem Sonntagnachmittag, als ich wieder einmal auf meiner Pritsche liegend ein Buch studiere, steht plötzlich am Fußende ein junger Kriegsgefangener, der mich schon eine Weile beobachtet haben mußte. Er spricht mich jedoch erst an, als ich ihm in die Augen blicke, und fragt mich nach dem Inhalt meines Buches. Ich antworte ihm, dieses Buch sei eine Berichtsfolge über sämtliche Parteitage der Kommunistischen Partei der Sowjetunion (Bolschewiki) vom Anfang bis zum Jahre 1939. Im weiteren Verlauf unseres Gesprächs wird mir dann bewußt, daß mein Gesprächspartner über die gesellschaftlichen Verhältnisse in der Sowjetunion gut unterrichtet ist. Wir stellen beide fest, daß wir in der Beurteilung dieser Verhältnisse einer Meinung sind. Dazu gehört auch eine Erfahrung, die wir unabhängig voneinander gemacht haben. Uns ist nämlich aufgefallen, daß an maßgeblichen Stellen der Gesellschaft oft jüdische Sowjetbürger stehen, zum Beispiel als Ärzte, Offiziere, Dolmetscher, Ingenieure oder Verwaltungskader. Die Positionen in Wissenschaft, Kultur, Militärwesen, Handwerk und Industrie, die früher im Zarenreich vielfach von Deutschen bekleidet wurden, sind nun häufig von jüdischen Bürgern eingenommen worden. In der bisherigen Zeit unserer Gefangenschaft haben wir dies mehrfach bestätigt bekommen.

Mitunter gibt es im Leben Augenblicke, die man nur mit dem Ausdruck merk-würdig im vollen Sinne dieses Wortes bezeichnen kann. So war es auch in jener ersten Begegnung mit Kamerad Günter, die zum Beginn einer bleibenden Freundschaft wurde. Das erste Zwiegespräch wurde zugleich auch zum Anfang unseres gemeinsamen Forschens nach den Ursachen der Entstehung des Kommunismus in Rußland, Europa und der gesamten Welt.

Am 26. Februar bittet mich Gerd, der Leiter der antifaschistischen Lagerabteilung, die Lagerbücherei zu übernehmen. Er hatte schon seit langem mein Interesse für Bücher bemerkt und meine Teilnahme an den Jugendzirkeln des Lagers beobachtet. Diese Zirkel waren eingerichtet worden, um die in der Hitlerzeit aufgewachsenen jungen Kriegsgefangenen im marxistischen Sinne zu beeinflussen und umzuschulen. Außerdem beteiligte ich mich noch an einem Kurs zum Erlernen der russischen Sprache. Die Verwaltung der Lagerbücherei bot mir nun willkommene Gelegenheit, mein Wissen über das Land meiner Gefangenschaft zu vervollständigen.

Mir ging es mit den Büchern ebenso wie mit den Menschen. Während ich die neue Sowjetliteratur immer nur mit großer Skepsis zu lesen vermochte, fühlte ich mich bald zu Puschkin, Turgenjew und anderen vorsowjetischen Dichtern und Schriftstellern hingezogen. So begann ich auch Puschkin'sche Balladen zu illustrieren. Dabei war bedeutsam, daß sich für mich in der vorrevolutionären Literatur das menschliche Gesicht Rußlands abzeichnete, so wie es mir in Ina Solowika begegnet war. Erst in dieser Zeit konnte ich erkennen, daß Hitlers Auffassung von der Minderwertigkeit östlicher Völker nicht der Wirklichkeit entsprach. Ich begann zu begreifen, daß in der nationalsozialistischen Propaganda, in der wir geschult worden waren, massive Lügen enthalten gewesen sein mußten. Ich war bemüht, über diese Fragen nachzudenken und meine Positionen zu bestimmen.

Eines Tages ist die ruhige Zeit im Lager für mich vorbei. Ich werde wieder in eine Arbeitsbrigade eingereiht. Unser Arbeitsplatz ist eine kleine Werftanlage. Wir werden da als Hilfsarbeiter eingesetzt, haben einen vernünftigen Brigadier und kommen gut auf unsere Normprozente. Außerdem ist Frühling geworden, der tägliche Ausmarsch zur Arbeit und der Rückmarsch ins Lager sind keine Strapazen mehr. An meinem 20. Geburtstag fühle ich mich körperlich und seelisch so wohl wie nie zuvor. Kameraden schenken mir erste Frühlingsblumen, eine Scheibe Brot oder eine Tagesration Zucker. Das ganze Lager macht überhaupt den Eindruck, als ob es sich nach dem schweren Winter gut erholt hätte.

Am 1. und 2. Mai, die als Feiertage gelten, kenne ich unsere Kriegsgefangenen nicht mehr wieder. Wir haben arbeitsfrei und werden am Morgen durch unsere Blaskapelle geweckt. Es gibt besseres Essen als sonst und nach der politischen Schulung finden Fußballspiele, Konzerte und noch andere Veranstaltungen statt. Bei alldem verhalten sich unsere Männer so, als ginge es schon morgen in die Heimat. Es ist uns ja auch am Morgen dieses 1. Mai vom politischen Lageroffizier fest versprochen worden, daß bis Jahresende 1947 der letzte Kriegsgefangene aus der Sowjetunion entlassen sein wird. Als wir am Nachmittag zu einem Fußballmatch ins Ungarnlager marschieren, zieht die Blaskapelle vor uns her. Wir singen wie in alten Zeiten ein Soldatenlied nach dem anderen.

Mein Arbeitseinsatz im Hafengelände auf der Werft „Suderemont" und im Objekt „Import" dauert bis Ende Mai. Dann wird unsere Brigade aufgelöst. Anlaß dazu war der folgende Zwischenfall: Am Kai von „Import", den wir zu betonieren hatten, war ein amerikanischer Frachter eingelaufen. Unsere Männer hatten es verstanden, Verbindung zu den Amerikanern aufzunehmen. Offensichtlich sind sie mit den Amis ins Gespräch gekommen und hatten Zigaretten erhalten. Darauf gab es im Lager wegen Verdachts auf Spionage eine große Vernehmung. Unsere Arbeitsbrigade wurde aufgelöst.

Am 2. Juni werde ich dem Arbeitskommando „Port Gorodok" zugeteilt. Dabei ist es unsere Aufgabe, im felsigen Gelände am Stadtrand eine Wohnsiedlung aufzubauen. Die Arbeit ist sehr schwer, weil sie mit unzulänglichem Werkzeug erfolgen muß. Dazu kommt der endlos lange Anmarschweg, der uns schon vor der Ankunft auf der Baustelle ermüdet hatte. Außerdem werden wir hier oben schärfer beobachtet als sonst.

Als ich am ersten Tag meinen neuen Arbeitsplatz erreiche, stelle ich zu meinem Erstaunen fest, daß ich mich in derselben Gegend befinde, in der auch Ina Solowika wohnt. Kurz entschlossen fasse ich den Plan, sie in der Mittagspause zu besuchen. Ich weiß, daß ich damit ein großes Wagnis auf mich nehme. Wir müssen vor und nach der Mittagspause antreten und uns von den Posten zählen lassen. Aber gerade darauf hoffe ich. Wir treten also zur Zählung an und bald danach verlasse ich unbemerkt den Arbeitsplatz. Im Laufschritt renne ich die abschüssige Straße hinab, so daß die Passanten hinter mir herblicken. Nach wenigen Minuten habe ich das Haus von damals wiedergefunden. Ich klopfe an. Frau Solowika öffnet. Ein freudiges Staunen geht über ihr Gesicht. Sie bittet mich einzutreten und führt mich in ihr Wohnzimmer. Sie erkundigt sich nach meinem Ergehen und ob ich schon Post aus der Heimat hätte. Als ich ihr antworte, daß ich noch keine Post aus Deutschland bekommen habe, spricht sie von ihrer Zuversicht, daß ich bald die Heimat wiedersehen würde. Sie äußert die Bitte an mich, nach meiner Heimkehr sogleich an sie zu schreiben. Beim Abschied erwähne ich noch die scharfe Bewachung, der wir zur Zeit ausgesetzt sind. Sie rät mir eindringlich, das Risiko eines erneuten Besuches nicht auf mich zu nehmen. Ich verspreche es. Ihre letzten Worte sind: „Gott behüte Sie! Ich werde für Sie beten."

Leider muß ich durch die schwere Arbeit auf Port Gorodok wiederum einen gesundheitlichen Rückschlag erleben. Meine Kräfte nehmen rapide ab. Am 24. Juni mache ich Bekanntschaft mit unserem Krankenrevier. Ausgerechnet in diesen Tagen wird ein Heimkehrertransport mit Österreichern und geschwächten Kameraden zusammengestellt. Läge ich jetzt nicht im Revier, so wäre ich gewiß bei der Heimfahrt dabei. Ich frage mich, warum gerade ich von solchem Pech verfolgt sein muß.

Ein kleiner Trost ist mir aber doch in dieser Zeit gegeben. Es handelt sich um das Büchlein von George Byron „Childe Harolds Pilgerfahrt". Im Schicksal dieses jungen Engländers, der als Kind seine Heimat verlassen muß, sehe ich ein Spiegelbild meines eigenen Weges.

Nach meiner Entlassung aus dem Krankenrevier werde ich einer Spezialistenbrigade als Helfer zugeteilt. Obwohl die Arbeit hier leichter ist, wird mein körperlicher Zustand von Tag zu Tag schlechter. Ende Juli werde ich „OK" geschrieben, das heißt völlig arbeitsunfähig. Es folgen nun Wochen, die wohl den Tiefststand meines Gefangenendaseins bilden. Ich werde von einer maßlosen Sehnsucht nach der Heimat umhergetrieben und habe noch nicht einmal Appetit auf das geringwertige Lageressen. Nachts träume ich regelmäßig von der Heimat. Tagsüber versuche ich, meine Träume in Verse zu fassen. Ich fürchte immer mehr, die unbestimmte Zeit meiner Kriegsgefangenschaft körperlich und seelisch nicht zu überstehen. Auch die verständnis- und rücksichtsvolle Behandlung, die ich durch unseren Antifa-Leiter erfahre, ändert daran nicht viel. Er ist ein feiner, aufrechter Kamerad, Flieger des letzten Krieges, nun aber offenbar von der neuen Sache völlig überzeugt. Er ist kein Kameradenschinder oder Denunziant, wie es andere sind. Er meint es gewiß gut mit uns und würde auch mir, wenn er es könnte, die Heimfahrt verschaffen. Aber er kann es nicht. Er kann mir leider nicht aus meiner jetzigen Lage heraushelfen.

Einem anderen Menschen bleibt es vorbehalten, mich aus der jüngsten inneren Krise herauszuholen. Es ist mir nicht erinnerlich, wann ich ihn zum ersten Mal sah. Ich weiß nur, daß es bei einer Postverteilung war. Von meinem Kameraden Hans, der schon im August 1946 entlassen worden war, hatte ich wieder einmal Post bekommen. Als ich gerade die gelbe Karte in Empfang nehme, fragt mich jemand: „Von wem hast Du denn Post bekommen?" Ich antwortete darauf: „Von meinem Berliner Kameraden Hans S." Darauf spricht mich ein anderer Kamerad an: „Kennst Du denn den Hans S.?" Ich erzähle ihm, daß ich mit Hans zusammen im Hungerhospital zu Paschkowskaja gewesen sei. Darauf fragt mich jener Kamerad, Willy, ob ich ihm wohl einmal meine kleinen Zeichnungen und Gedichte zeigen könnte. Er hätte schon davon gehört und würde sich dafür interessieren.

Während wir zu meinem Schlafplatz in eine andere Baracke hinübergehen, erzählt er mir von seiner Bekanntschaft mit dem Berliner Hans, den er im Sommer 1945 auf einer Obstkolchose kennengelernt hatte. An meinen Bildchen und Gedichtchen hat er sichtlich Freude und lädt mich ein, noch ein Stück mit ihm zu gehen. Er führt mich in einen etwas abgelegenen Bereich des Lagers. In der Nähe eines Wachtturms liegen dort etwa fünf Männer im Grase und warten anscheinend auf ihn. Willy stellt mich den mir unbekannten Kameraden vor. Wir lagern uns zu einem Kreis und gleich darauf holt einer von ihnen ein winziges Buch aus der Tasche und beginnt daraus vorzulesen. Alle anderen hören aufmerksam zu.

Ich merke, daß dieses Büchlein eine Bibel oder etwas Ähnliches sein muß. Nachdem der Vorlesende geendet hat, beginnt ein anderer, frei aus sich heraus zu beten. Zum Schluß wird von allen gemeinsam das Vaterunser gesprochen und dann verabschiedet sich einer vom anderen, um in seine Baracke zu gehen.

Soweit es mir möglich war, nahm ich nun an den Zusammenkünften dieses Kreises teil. Ich fühlte mich irgendwie zu den Männern hingezogen. Mit der Zeit lernte ich sie auch näher kennen. Das Wort führte meist jener ältere Kamerad Karl, der schon am ersten Abend vorgelesen hatte. Er war als Koch in der Lagerküche tätig und hat mir in der folgenden Zeit viel Gutes erwiesen. Im Zivilberuf war er wohl Kaufmann gewesen und hatte in seiner heimatlichen evangelischen Kirchengemeinde aktiv mitgewirkt. Willy, der mich in diese Gruppe eingeführt hat, war als gelernter Sattler auf eine Bibelschule gegangen und später Diakon geworden. Bis zu seiner Einberufung versah er diesen Dienst in einer mitteldeutschen Stadt. In unserem Lager konnte er in seinem erlernten Beruf als Sattler arbeiten.

Auch zwei katholische Kameraden, Rudi und Sepp, gehörten zu dieser Runde. Rudi, ein junger angehender Priester, mußte damals auf einer Hafenmole schwere körperliche Arbeit verrichten. Er war nur etwas älter als ich und von einer inneren Ruhe und Gelassenheit, die ich nur bewundern konnte. Sepp dagegen war ein kleiner, untersetzter Mann in mittleren Jahren, der in der Lagerwäscherei beschäftigt war und daneben auch als Bläser in der Kulturgruppe mitwirkte.

Es blieb nun nicht aus, daß ich mich dafür zu interessieren begann, was diese Männer Abend für Abend zusammenführte. Ich merkte jedoch bald, daß ich ein Außenseiter war und noch nicht so recht in diesen Kreis hineingehörte. Dies wurde mir bei einer Gelegenheit richtig bewußt. Nach einer dieser Zusammenkünfte fragte mich nämlich Willy auf dem Rückweg in unsere Baracke: „Sag mal, warum sprichst Du eigentlich nicht mit, wenn wir das Vaterunser beten?" Mir war klar, daß diese Frage früher oder später kommen mußte. Ich antwortete ihm: „Willy, ich kann nicht beten. Soll ich Euch Theater vorspielen?" Daraufhin drückte er mir fest die Hand und wünschte mir eine gute Nacht.

Ich konnte lange Zeit nicht einschlafen. Immer wieder gingen mir Gedanken durch den Kopf, wie es sein konnte, daß diese Männer durch ihre Glaubensüberzeugung eine ganz andere Einstellung zum Los unserer Gefangenschaft fanden als die meisten von uns. Warf ein russischer Offizier eine Zigarettenkippe weg, so stürzten sie nicht gleich los, um diese zu ergattern. Oder wenn in einer Brigade Streit um den letzten Rest im Essenkübel entbrannte, so waren diese Männer nicht dabei. Diese Haltung mag es wohl auch gewesen sein, die mich immer wieder in ihre Nähe zog.

Selbstverständlich merkte ich auch, daß sie ihre innere Ruhe und Überlegenheit aus eben diesem Glauben und aus dem Gebet bei den täglichen Zusammenkünften bezogen. Ich sehnte mich damals sehr nach einer solchen inneren Festigkeit, wußte aber zugleich, daß ich aus mir heraus niemals würde beten oder einen Zugang zum Glauben finden können. Traurig und mit mir selber unzufrieden bin ich dann eingeschlafen.

In den nächsten Tagen faßte ich plötzlich einen Entschluß. Ich bat meinen Freund Willy, mir sein kleines Neues Testament auszuleihen. Er gab es mir mit sichtlicher Freude. Ich nutzte nun die Gelegenheit, um mich das erste Mal in meinem Leben intensiv mit der Bibel zu beschäftigen. Am Morgen vor der Arbeit, mittags während der Pause und wo sich sonst noch eine Gelegenheit bot, las ich in dem kleinen Taschentestament und versuchte, das Gelesene zu überdenken und zu verarbeiten. Ich fing vorn bei den Evangelien an. Alle diese Geschichten und Wunderberichte waren mir ja noch vom Religionsunterricht in der Schule einigermaßen bekannt. Die Apostelbriefe jedoch waren mir viel zu schwer und unverständlich geschrieben, so daß ich beinahe das Taschentestament meinem Freund zurückgegeben hätte. Aber zuletzt bin ich auf die Offenbarung des Johannes gestoßen, der ich noch nie zuvor begegnet war. Beim Lesen des letzten Buches der Bibel erwachte mein Interesse wieder und ich ersuchte meinen

Freund um Erläuterungen zu den für mich problematischen Passagen. Seine Erklärungen trug er nicht in überlegener Weise vor, sondern sprach wie eine Mutter, die ihrem Kind etwas Wichtiges verdeutlichen möchte. So gewann ich wieder Freude, nicht nur an der Offenbarung, sondern auch an den Evangelien und den Apostelbriefen. Darüber hinaus machte mich Willy mit ganz einfachen Kirchenliedern bekannt, wie „Stern auf den ich schaue" oder anderen, die mir bisher völlig unbekannt waren. Aus innerem Antrieb lernte ich nun diese Lieder auswendig, genauso wie ich zuvor den „Sturmvogel" von Maxim Gorki oder Verse von Puschkin auswendig gelernt hatte.

Bei unseren abendlichen Treffen sangen wir dann leise diese Kirchenlieder, selbst unter den Augen der russischen Wachtposten. Schon während des Arbeitstages wartete ich auf unsere Abendandacht und war nun auch bereit, das Vaterunser bewußt mitzubeten.

Mir waren diese Wochen des stillen Hineinwachsens in mein Glaubensleben die schönsten und eindrücklichsten meiner Gefangenschaft. Äußerlich unter extremen körperlichen Anstrengungen und Strapazen bin ich innerlich so gestärkt und gefestigt worden, wie später niemals wieder. Frühmorgens beim Erwachen war mein erster Gedanke ein kurzes Gebet. Ich lernte, für jedes gute Wort, für jede Erleichterung bei der Arbeit dankbar zu sein. Willys Neues Testament begleitete mich ständig in meiner linken Brusttasche. Ich trug es Tag und Nacht bei mir und las regelmäßig darin.

Damals war ich gerade auf dem Objekt „Quartal" eingesetzt. Die Arbeitsstelle lag unserem Lager gegenüber auf der anderen Hafenseite. Wenn wir nicht mit einem Motorboot hin- und zurückgefahren wurden, hatten wir einen endlos langen An- und Abmarschweg zu bewältigen. Für mich waren diese kilometerlangen Strecken neben der schweren Tagesarbeit eine einzige qualvolle Anstrengung. Ich hatte mir nämlich barfuß bei Ausschachtungsarbeiten an einer im Wasser liegenden Glasscherbe die Fußsohle aufgerissen. Da ich aber kein Fieber hatte, wurde ich nicht krank geschrieben und mußte weiter täglich zur Baustelle. Unter diesen Umständen, die sehr an meiner körperlichen Verfassung zehrten, waren es die alten Trostlieder der Kirche und die Bibelworte, die mir eine unbeschreibliche innere Widerstandskraft verschafften. Da einige Kameraden im Besitz eines Gesangbuches, einer Bibel oder eines Losungsheftes der Herrnhuter Brüdergemeinde waren, konnten wir uns täglich gegenseitig damit stärken und aufrichten.

Die entscheidende Stunde für mein weiteres Leben schlug dann an einem schönen Spätsommerabend. Es war am Dienstag, dem 16. September 1947. Wir hatten uns wie immer nach des Tages Arbeit auf dem Rasenfleck unter dem Wachtturm gelagert. Im Lager gab es wohl irgendwelche Probleme und unsere Stimmung war nicht besonders rosig. Thema Nr. 1, die Heimkehr, war wieder einmal an der Reihe. Keiner wußte, ob und wann sie jemals für uns Wirklichkeit werden würde. Da ergreift, wie schon so oft, Kamerad Karl das Wort und sagt: „Wißt Ihr, wenn ich morgens aufwache, geht mein erster Blick aus dem Barackenfenster in die Berge. Ich denke dann an das Psalmwort: *Ich hebe meine Augen auf zu den Bergen, von welchen mir Hilfe kommt. Meine Hilfe kommt von dem Herrn, der Himmel und Erde gemacht hat,* und wenn ich sehe, wie die Sonne die umwölkten Bergspitzen erstrahlen läßt, denke ich an das Lied: 'Morgenglanz der Ewigkeit, Licht vom unerschöpften Lichte, schick' uns diese Morgenzeit deine Strahlen zu Gesichte, und vertreib' durch deine Macht unsre Nacht.' Seht, es weiß ja keiner von uns, die wir hier beisammen sind, ob wir unsere Heimat wiedersehen werden. Aber eines dürfen wir doch wissen, daß Gottes ewige Heimat für uns offen steht, ob wir nach Deutschland zurückkehren oder nicht."

Nach seinen Worten tritt ein tiefes Schweigen ein. Ich merke, wie uns allen das Gesagte nahe geht, obwohl wir Karl in seiner fränkischen Mundart nicht so leicht verstehen. Er hat aber bereits das Herrnhuter Losungsheft zur Hand genommen, um Tageslosung und Lehrtext für den 16. September daraus vorgelesen. Danach liest er uns noch Worte der Kirchenjahreslese aus dem 1. Timotheusbrief im 6. Kapitel. Da heißt es: „... wir sind auf diese Welt gekommen, ohne etwas zu besitzen. Genauso werden wir sie auch wieder verlassen. Wenn wir zu essen haben und uns kleiden können, sollen wir zufrieden sein. Wie oft sind Menschen, die um jeden Preis reich werden wollten, den Versuchungen des Bösen erlegen. Wie oft haben sie sich in seinen Netzen gefangen. Solche unsinnigen Wünsche stürzen die Menschen in den Untergang und ins Verderben. Denn alles Böse wächst aus der Habgier. So mancher ist ihr schon verfallen und hat dadurch seinen Glauben verloren ... Du aber, mein lieber Timotheus, gehörst Gott und dienst ihm. Laß dich deshalb von diesen Dingen nicht gefangen nehmen. Bemühe dich vielmehr mit aller Kraft um ein Leben, mit dem du einmal vor Gott bestehen kannst. Setze alles daran, daß dir nichts wichtiger wird als Gott, daß du an ihn glaubst und deine Mitmenschen von ganzem Herzen liebst. Begegne ihnen mit Geduld und Freundlichkeit. Kämpfe den guten Kampf des Glaubens! Ergreife das ewige Leben ..."

Als Karl so weit gekommen ist, unterbreche ich ihn und rufe: „Halt! Diese Stelle kenne ich. Lies sie bitte noch einmal!" Und er liest erneut: „Kämpfe den guten Kampf des Glaubens! Ergreife das ewige Leben, dazu auch du berufen bist!" In diesem Augenblick fällt es mir wie Schuppen von den Augen und ich begreife es. Hier, meilenweit von der Heimat entfernt, bekomme ich meinen Konfirmationsspruch zu hören. Ich hatte ihn längst vergessen, so vergessen, wie die Konfirmationsurkunde, die irgendwo daheim in eine Schublade gewandert war. Aber plötzlich sehe ich die Urkunde wieder vor mir, geschmückt mit dem mächtigen Kreuz auf dem Bergesgipfel und dem Konfirmationsspruch mit der Unterschrift meines Konfirmators darunter. Ich beginne zu ahnen, daß alles, was hier geschieht, für mich geschieht.

Nach diesem Abend folgt wieder eine Nacht, in der ich nicht zur Ruhe komme. Lange liege ich wach auf meiner Pritsche, während um mich herum nur das gleichmäßige Atmen der Schläfer zu hören ist. Meine Gedanken kreisen um das eine Wort: „Kämpfe den guten Kampf des Glaubens." Wofür habe ich denn bisher gekämpft? War das ein guter Kampf, war das eine gute Sache, der ich mich mit Leib und Seele zur Verfügung gestellt hatte? Wozu habe ich überhaupt die letzten Jahre gelebt? Mein ganzes Leben rollt in dieser Nacht aus der Erinnerung an mir vorüber. Ich sehe wieder meine Großmutter, die uns Kindern schon früh die biblischen Geschichten erzählte. Ich sehe noch genau die Bilder eines Schnorr von Carolsfeld vor mir, mit denen unsere Kinderbibeln damals ausgeschmückt waren. Vier Jahre alt muß ich gewesen sein, als mich meine Großmutter das Vaterunser lehrte und das erste Mal zur Kirche mitnahm. Ich erinnere mich, daß ich öfter nach solchen Kirchgängen zu Hause einen Altar aufbaute und Pfarrer spielte. Als ich dann zur Schule kam, sollte ich auch den Kindergottesdienst in unserer Kirchengemeinde besuchen. Da gefiel es mir aber nicht und ich blieb weg, ohne weiter von meinen Eltern zur Teilnahme aufgefordert zu werden. Meine Eltern hatten längst nicht mehr jenes innere Verhältnis zur Kirche, wie es noch bei meiner Großmutter der Fall war. Als dann die Zeit des Jungvolks für mich kam, war in mir das Interesse für kirchliche Dinge erloschen. Ich sehe mich noch an einem Sonntagmorgen unter Trommelklang und Fanfarengeschmetter an der katholischen Kirche in unserem Wohnviertel vorbeimarschieren, ohne im geringsten die Torheit unseres Verhaltens zu erkennen. Wir sangen dabei besonders gern das Landsknechtslied „Wir sind des Geyers schwarzer Haufen" mit dem Vers „Spieß voran, drauf und dran! Setzt auf das Klosterdach den roten Hahn!" So begann die Phase, in der ich mich für das Neue, Große und Schöne begeisterte, das der Nationalsozialismus für die Jugend brachte. Ich war denn auch mit ganzem Herzen beim HJ-Dienst, den Heimabenden, Geländespielen, Fahrten und Lagern dabei. Was war das für ein Erlebnis, die großen, gewaltigen Aufmärsche mitzumachen und was war da schon ein solch armseliger Gottesdienst dagegen.

Vor meinem Konfirmator hatte ich allerdings großen Respekt und ich schätzte ihn auch, weil er uns spannend aus der Kirchengeschichte zu erzählen verstand. Aber für mich war das alles Vergangenheit, die mir für mein zukünftiges Leben nichts mehr bedeuten konnte. So ging denn auch der Tag meiner Konfirmation ohne einen tieferen Eindruck zu hinterlassen an mir vorüber. Von dem plötzlichen Tod eines Klassenkameraden kurz nach der Konfirmation wurde ich nur an der Oberfläche meines Gemütes berührt. Damit zeichnete sich schon ab, was uns später als Wahlspruch von der Führerschule in Oderbeltsch mitgegeben wurde: „Gelobt sei, was hart macht!" Dieses Leitwort hatte dann fest über meinen folgenden Lebensjahren bis in die Gefangenschaft hinein gestanden. Es hatte mich zu dem blind glaubenden Kriegsfreiwilligen werden lassen, dessen höchste und heiligste Symbole Hakenkreuz und Siegrune waren. Am deutschen Sieg gab es für mich nie die Spur eines Zweifels. Dafür hatte ich lange gekämpft und muß nun erkennen, daß dieser Kampf sinnlos gewesen ist.

Ich weiß in dieser Nacht noch nicht, wie mein Weg weitergehen würde. Eines ist jedoch klar. Ich habe mit meiner Vergangenheit gebrochen und trotzdem brauche ich mir um die Zukunft keine Gedanken zu machen. Ich werde mich der Führung dessen anvertrauen, der allein mein Leben in die rechten Bahnen lenken kann. Von nun an soll anstelle der Siegrune das Kreuz über meinem Leben stehen. Zum ersten Mal faltete ich in dieser Nacht vor dem Einschlafen die Hände und wußte, was ich zu beten hatte.

Nach diesem denkwürdigen Abend hatte ich mir vorgenommen, auch meinen Freund Günter in unseren Bibelkreis mitzunehmen. Es dauerte auch gar nicht lange und er gehörte mit dazu. Da wir beide in den Herbsttagen des Jahres 1947 am dem gleichen Arbeitsplatz eingesetzt waren, hatten wir reichlich Gelegenheit, uns beim An- und Abmarsch oder in der Mittagspause gegenseitig auszutauschen.

Wir hatten in einem neu entstehenden Wohnkomplex körperlich schwere Arbeit zu leisten. Doch die Fragen um die Dinge des Glaubens und um die Gestaltung des künftigen Lebens nach der Heimkehr ließen uns nicht in Ruhe. Nach seiner Meinung sollten wir die berechtigten sozialen und wirtschaftlichen Aspekte des Sozialismus gutheißen. Die innere Erneuerung unseres Volkes aber müßte von der Kirche kommen. Dabei sagte er zu mir: „Du solltest dich dann ganz unserer Jugend widmen, wenn es sein muß, unter Aufgabe deines Berufes. Vielleicht könntest du ja Lehrer oder etwas Ähnliches werden." In diese Richtung gingen seine Gedanken und ich empfand, je länger je mehr, zunehmende Übereinstimmung mit ihm.

Der 16. Oktober riß mich dann wieder von seiner Seite hinweg. Kurz vor der Mittagspause war ich unter der Last eines schweren Balkens zusammengebrochen und bewußtlos geworden. Erst im Krankenrevier wachte ich auf und konnte Gott danken, daß wenigstens meine Glieder heil geblieben waren. Die Arbeit in diesem Objekt war für die meisten von uns eine ständige Quälerei. Da technische Hilfsmittel fast vollständig fehlten, mußten wir das Baumaterial, darunter schwere Granitsteine, auf Holztragen in die oberen Stockwerke schaffen. So war es nicht verwunderlich, daß die „Dreier" und „OK-Leute" nicht weniger wurden. Ich wurde denn auch sofort nach meiner Entlassung aus dem Krankenrevier zum „Dreier" geschrieben und konnte das erste Mal während meiner Gefangenschaft einen zehntägigen Erholungsurlaub antreten. Wir durften zwar das Lager nicht verlassen, waren aber in einer separaten Baracke untergebracht. Da wir von der Arbeit freigestellt waren und bessere Verpflegung erhielten, ging es vielen von uns relativ schnell besser und wir waren auch wieder einsatzfähig.

Ich wurde am 26. November zum „Zweier" gemustert und kam auf das Objekt „Karriere". Dieses war in einem Steinbruch hoch über der Stadt und dem Hafen gelegen. Zu meiner großen Freude fand ich Günter wieder, der ebenfalls dorthin versetzt worden war. So konnten wir nun wenigstens in der Mittagspause und nach der Tagesarbeit beisammen sein. Die Arbeit im Steinbruch war nicht gerade leicht, aber ich habe bei dieser Tätigkeit besser durchhalten können als auf den anderen Arbeitsstellen. Es lag wohl daran, daß hier keine Antreiber hinter uns standen.

Anfang Dezember war es in den Bergen noch so warm, daß wir in Hemdsärmeln arbeiten konnten. Gerade am 24. fiel der erste Schnee. Es war ein besonderes Erlebnis, durch die winterlich verschneite Welt ins Lager zurückzufahren. Beim Zählappell wurde uns mitgeteilt, daß heute, am Heiligabend, eine Weihnachtsfeier stattfinden und am morgigen ersten Weihnachtstag kein Arbeitseinsatz sein würde. Diese Nachricht wurde natürlich von allen mit größter Freude aufgenommen. Die Kulturgruppe hatte sich für den ersten Feiertag ein nettes Unterhaltungsprogramm ausgedacht und für die Weihnachtsfeier am Heiligen Abend war von unserem Chor schon wochenlang vorher geübt worden. Ich gehörte mit zu dieser Singegruppe, die von unserem deutschen Major T. geleitet wurde. Mit großer Begeisterung hatte ich an den Proben teilgenommen. Kurz vor der Weihnachtsfeier kamen wir noch einmal zu einem Ansingen zusammen. Dann ging es in die größte Baracke, in der schon alles vorbereitet war. Am Ende des langen Mittelganges war eine christbaumgeschmückte Bühne aufgebaut, wo wir Aufstellung nahmen. Dicht gedrängt saßen unsere Landser auf den Pritschen oder hatten Stehplätze in den Gängen eingenommen. Die Bänke direkt vor uns wurden vom russischen Lagerpersonal besetzt, einige Offiziere hatten sogar Frauen und Kinder mitgebracht. Ich habe nie wieder ein solch herzliches Einvernehmen zwischen Siegern und Besiegten erlebt wie an diesem Abend. Mit Beethovens „Heilige Nacht, o gieße du Himmelsfrieden in dies Herz" begann unser Chor die Feier. Wir merkten schon hier, wie unseren Männern die Augen feucht wurden und die Russen in ein verwundertes Staunen gerieten. Nun lief das Programm weiter mit Gedichten, Chorliedern und einer Ansprache unseres deutschen Lagerleiters. Zum Ende hin sang dann ein junger Tenor das Schubert'sche „Ave Maria" in einer Art, daß auch die überwältigt waren, die uns hier gefangen hielten. Als mit dem Lied „Stille Nacht, heilige Nacht" die Feier beendet wurde, lag über allen Beteiligten eine tiefe Bewegtheit und Ergriffenheit, wie ich sie noch niemals zuvor erlebt hatte. Es war dies bestimmt keine sentimentale Rührung, sondern eine Ahnung von der realen Kraft der Versöhnung, die vom Weihnachtsevangelium her in uns wirksam wurde.

Vielleicht hat mancher von uns und von den Russen in dieser Stunde gespürt, daß wir Menschen Frieden und Versöhnung nicht aus uns selber schaffen, sondern nur als ein unverdientes Gottesgeschenk entgegennehmen können. In dieser einen Stunde am Heiligabend 1947 war jedenfalls der Friede im deutschen Kriegsgefangenenlager Noworossijsk Wirklichkeit geworden.

Der Beginn des neuen Jahres 1948 brachte für unser Lagerleben keine wesentlichen Ereignisse, abgesehen davon, daß man uns von sowjetischer Seite erneut die Heimkehr bis zum Ende des Jahres fest und feierlich zusicherte. Die Pessimisten unter uns glaubten natürlich dem Versprechen nicht und sollten leider recht behalten. Die Taktik, nach der wir von den Russen behandelt wurden, war uns allen schon immer ein Rätsel. Versprechungen und Drohungen wechselten einander ab. Nie wußten wir, woran wir eigentlich waren. Immer wieder standen wir vor der Frage: „Will man uns für die eigene, sozialistische Sache gewinnen, oder will man uns vernichten?"

Ich selbst sollte nun zum ersten Mal mit einer staatlichen Macht in Berührung kommen, die unser Lagerleben und das Leben aller Menschen in der Sowjetunion bis in das kleinste Detail überwachte, nämlich mit einem Funktionär des MWD, des sowjetischen Geheimdienstes. Am Abend des 8. Januar war ich zu später Stunde von meiner Pritsche geholt und von einem Melder zur russischen Wachtstube gebracht worden. Im Vorraum mußte ich noch eine ganze Weile warten und hatte Zeit zu überlegen, was man wohl von mir wollte. Ich hörte zwar drinnen Stimmen, konnte aber keine Worte unterscheiden. Als dann die Tür aufging, trat ein Kriegsgefangener heraus und ich wurde eingelassen. Zwei Menschen saßen im Raum, ein MWD-Offizier und der Lagerdolmetscher. Der letztere bat mich Platz zu nehmen und dann eröffnete der Offizier ein Verhör. Nach einigen einleitenden Fragen zu Alter und Herkunft ging plötzlich das elektrische Licht aus. Nur vom Hafen her wurde die Wachtstube schwach erhellt. Trotzdem ging das Verhör weiter. Ich wußte immer noch nicht, was das eigentlich alles sollte. Nun verlangte der MWD-Funktionär von mir, ich sollte zugeben, daß ich im Jahre 1943 bei einer Nachrichteneinheit im Kaukasus im Einsatz gewesen sei. Auf diese Zumutung hin mußte ich unwillkürlich lachen, worauf er mich zornerfüllt anbrüllte: „Lachen Sie nicht! Ich bringe Sie in den Karzer!" Da ich mir nicht unnötigerweise den Zorn dieses Gewaltigen zuziehen wollte, wandte ich mich an den Dolmetscher mit der Bitte, den Offizier nochmals auf meinen Geburtsjahrgang hinzuweisen und ihm mitzuteilen, daß ich im fraglichen Jahr noch die Schulbank der Berufsschule gedrückt hätte. In dem anschließenden Zwiegespräch merkte ich, daß der Dolmetscher versuchte, den Verhörenden auf die Unhaltbarkeit seiner Behauptungen aufmerksam zu machen. Schließlich wurden keine Fragen mehr an mich gerichtet. Der Offizier hatte anscheinend die Widersprüche in seinen Anschuldigungen eingesehen. Allerdings entließ er mich mit der Ankündigung, daß ich doch noch in den Karzer käme. Ich nahm diese Drohung nicht sehr ernst und sie erfüllte sich auch nicht. Immerhin machte ich mir doch Gedanken über den Anlaß zu diesem Verhör. Vielleicht suchte man einen Kriegsteilnehmer, der den gleichen Namen wie ich trug. Ich hatte schon mehrfach gehört, daß es in solchen Fällen zu Verwechslungen gekommen war.

Die Wahrheit über das Interesse des MWD an meiner Person erfuhr ich allerdings erst einige Wochen später bei einem zweiten Verhör. Dieses fand Mitte März mit den gleichen Personen und am gleichen Ort statt. Diesmal erfolgte kein langes Katz-und-Maus-Spiel. Gleich zu Beginn sagte man mir, daß es Informationen gäbe, ich sei Angehöriger des Werwolfs gewesen. Wenn ich dies zugeben würde, sollte ich nicht bestraft werden. Anderenfalls wäre mir diesmal der Karzer sicher. Ohne lange Überlegung weigerte ich mich entschieden, etwas zuzugeben, was nicht der Wahrheit entsprach. Darauf wurde mir erneut der Karzer angedroht. Schließlich wurde ich aufgefordert, alle Nazi-Symbole aufzuzeichnen, die ich kennen würde. Man gab mir Bleistift und Papier und dann zeichnete ich Hakenkreuz, Siegrune, Lebensrune und noch andere Symbole der Hitlerzeit. Der Verhörende war aber mit alledem nicht zufrieden und wollte weitere Zeichen sehen. Ich merkte natürlich, daß man die Wolfsangel von mir erwartete, die das Symbol des Werwolfs war. Da ich dies wußte, wurde mir augenblicklich klar, daß man mir das Wissen um die Wolfsangel als Beweis für die Mitgliedschaft in dieser Organisation ausgelegt hätte. Also ließ ich mir weiter mit dem Einsperren drohen und blieb fest.

Erst wesentlich später ist mir aufgegangen, was die Ursache für diese Verhöre gewesen sein muß. Einige Kameraden der 19. Panzerdivision hatten mich in den ersten Januartagen gebeten, ihnen Medaillons mit eingravierter Wolfsangel anzufertigen, was ich auch tat. Dieses Symbol war das Taktische Zeichen der 19. PD, zugleich aber auch das Kennzeichen des „Werwolf", jener hauptsächlich aus Hitlerjungen bestehenden Partisanenbewegung der letzten Kriegsmonate. Vermutlich hatte mich ein anderer Kriegsgefangener bei der russischen Lagerverwaltung als Werwolfsangehörigen denunziert. So erklären sich die Vernehmungen, die nun glücklicherweise endeten. Hätte sich der menschlich denkende Dolmetscher Woitenko nicht so für mich eingesetzt, wäre mein Abtransport nach Sibirien durchaus denkbar gewesen. Ich versäumte es jedoch nicht, meinem Freund Günter von dieser Angelegenheit zu berichten, denn es hatte Versuche gegeben, mich über ihn auszuhorchen. Allerdings trugen Erlebnisse dieser Art eher zur Festigung unserer Freundschaft bei.

In den ersten Apriltagen traten dann Veränderungen ein, die für mich sehr bedeutsam werden sollten. Ich war vom Steinbruch, in dem ich seit Monaten gearbeitet hatte, zu einer Brigade versetzt worden, die im Hafengelände Kabel verlegte. Gesundheitlich fühlte ich mich so wohl wie nie zuvor. Man hatte mich sogar zum „Einser" gemustert. Als wir nach unserem letzten Einsatz auf „Karriere" ins Lager zurückfuhren, konnten wir von unserer Höhe die kürzlich eingelaufenen Schiffe sehen. Den nächstliegenden Frachter meinten meine Kameraden als Engländer auszumachen. Ich glaubte jedoch, deutlich die norwegische Flagge am Heck zu erkennen und sollte damit recht behalten. Im Lager angekommen setzte ich mich sofort nieder, um einen Entschluß umzusetzen, den ich auf der Rückfahrt ins Lager gefaßt hatte. So schrieb ich ganz spontan einen Brief an meinen norwegischen Freund, mit dem ich mehrere Monate im heimatlichen AEG-Betrieb in Breslau zusammengearbeitet hatte. Natürlich wußte ich nicht, ob diese Zeilen jemals ihren Empfänger erreichen würden. Aber ich versuchte es und sollte Glück damit haben.

Als wir am nächsten Morgen in dem besagten Hafengelände Kabel verlegten, sehe ich aus der Ferne einen älteren und einen jüngeren Mann sowie eine Frau die Straße entlangkommen. An ihrer Haltung und ihrem Äußeren erkenne ich, daß es keine Russen sind. Ich springe aus dem Graben, laufe auf sie zu und spreche sie auf englisch an: „Guten Morgen! Ich bin Deutscher und kann nicht gut englisch sprechen." Da unterbricht mich die Dame mit Worten in meiner Sprache und sagt: „Sprechen Sie ruhig deutsch. Wir sind Norweger und verstehen Sie gut." Daraufhin ziehe ich meinen Brief aus dem Hemd hervor und bitte diese Familie, meine Zeilen an den norwegischen Freund nach Narvik mitzunehmen. Das versprechen sie mir auch. Der jüngere Mann steckt mir noch eine Schachtel Zigaretten zu, ich verabschiede mich schnell von ihnen und springe in den Kabelgraben zurück. Die ganze Aktion hat nicht viel mehr als zwei Minuten gedauert. Meine Kameraden wollten natürlich wissen, was ich mit den Norwegern gesprochen hätte. Aber sie bekamen alle eine Zigarette und damit war der Fall erledigt.

Am 9. April wurde mir dann noch eine zweite Begegnung mit einem Norweger zuteil. Diesmal waren es meine Kameraden, die mir zuriefen: „Du, da kommt wieder einer, Du kannst mal wieder Zigaretten schnorren!" Mit dieser Bitte wollte ich allerdings den Mann nicht gleich überfallen. Da ich ja diesmal keinen Brief bei mir hatte, überlegte ich mir, wie der Kontakt mit ihm herzustellen wäre. Als der Norweger schon dicht an uns herangekommen war, verließ ich kurz entschlossen den Graben und stellte mich ihm vor. Er antwortete deutsch, so wie ich ihn angeredet hatte: „Mein Name ist Harald H. und ich komme aus Tromsö." Dann erzählte ich ihm, daß ich in Narvik einen Freund namens Gunnar F. habe. Als er das hört, geht ein ungläubiges Staunen über sein Gesicht und er fragt: „Elektrotechniker?" Ich antwortete: „Ja, Elektrotechniker, kennen Sie ihn denn?" Nun stellt sich heraus, daß wir in dem Menschen, der jetzt Tausende von Kilometern von uns entfernt ist, einen gemeinsamen Freund haben. Der Norweger läßt mich in seinem Notizblock ein paar Zeilen an unseren Freund in Narvik schreiben und wir müssen uns schweren Herzens verabschieden. Bevor wir auseinandergehen, wage ich noch die Bitte um Zigaretten für meine Kameraden an ihn zu richten. Er erfüllt sie mir und geht dann, sich immer wieder umblickend, davon.

Aber auch in einer weiteren Hinsicht war der April für mich sehr wichtig. In den ersten Tagen des Monats wurde ein Heimtransport mit 230 Mann zusammengestellt, der am Dienstag, dem 6. April, das Lager verließ. Unter den Heimkehrern befand sich auch mein lieber Kamerad Willy, durch den ich in den vergangenen Monaten zum Glauben gekommen war. Am vorigen Sonntagabend hatten wir beide unsere letzte gemeinsame Andacht gehalten. Dabei haben wir uns noch einmal eines Ereignisses erinnert, das erst kürzlich geschehen war. Mitte März erhielten wir die verblüffende Nachricht, daß uns der russische Lagerkommandant Popow gestatten würde, am Sonntag, dem 28. März, einen Ostergottesdienst zu halten. Zuerst wollte niemand daran glauben. Doch dann war es soweit. Ich wurde durch die Baracken geschickt, um die Kameraden zu einem Abendmahlsgottesdienst in die Küchenbaracke einzuladen. Wir konnten erfreut feststellen, daß die Mehrzahl der Gefangenen dieser Einladung Folge leistete. Schließlich reichte die große Baracke nicht mehr aus und viele mußten vor Türen und Fenstern stehen, um an diesem Gottesdienst teilzunehmen. Die Feier wurde nicht von beauftragten Priestern oder Pastoren gestaltet, sondern vom Brigadier Hannes S., einem bekennenden Katholiken unseres Bibelkreises. Nun hatten Willy und ich in der Stunde des Abschieds dankbar dieser mutmachenden Begebenheit vom Ostersonntag gedacht. Dabei hatte mir Willy sein ledergebundenes Neues Testament überreicht und gesagt: „Behalte es. Du wirst es noch nötig brauchen. Mich hat es durch den ganzen Krieg begleitet. Mit ihm bin ich durch die Weichsel geschwommen. Wenn wir uns einmal in Deutschland wiedersehen, kannst Du es mir zurückgeben." Dankbar nahm ich das kleine, braune Taschentestament aus seinen Händen und steckte es in meine linke Brusttasche. Diesen Platz behielt es bis zu meiner Heimkehr.

Wenn mich in den früheren Jahren die Geschehnisse um die Heimtransporte und Entlassungen seelisch stark mitgenommen hatten, sah ich diesmal ruhig und gelassen zu, wie meine Kameraden nach Hause fuhren. Als ich mich von Willy verabschiedete, wußte ich noch nicht, daß ich schon in wenigen Wochen auch von Günter, Karl und den anderen Männern des Bibelkreises getrennt sein würde.

Anfang Mai wurden wir alle geimpft. Ich reagierte auf diese Impfung mit hohem Fieber und wurde in das Krankenrevier eingeliefert. Dort erschienen eines Tages Major T., Günter und Karl, um sich von mir zu verabschieden. Sie waren einem Außenkommando zugeteilt worden und es verbreitete sich die Vermutung, daß sie nicht mehr in das Stammlager zurückkehren würden. Überdies waren in den ersten Maitagen verschiedene Gerüchte im Umlauf, wonach das gesamte Hafenlager Noworossijsk aufgelöst werden sollte. Der Wahrheitsgehalt solcher Angaben ließ sich jedoch nicht überprüfen und niemand von uns nahm sie richtig ernst. So lag über dem Abschied im Krankenrevier irgendwie der Schatten des Ungewissen. Günter und Willy sollte ich tatsächlich in Rußland nicht mehr begegnen. Sie durften wenige Wochen später die Heimreise antreten.

Als ich aus dem Revier entlassen wurde, fühlte ich mich sehr einsam. Die Freunde, mit denen ich innerlich sehr verbunden war, fehlten mir. Nun kam mir das Neue Testament von Willy zustatten. Ich las es mit einer wahren Hingabe bei jeder passenden Gelegenheit.

In die letzten Maitage fällt dann aber ein Ereignis, das unter anderen Umständen für mich und meine Kameraden sehr schwerwiegende Folgen hätte haben können. Ich war in einer zwölfköpfigen Brigade auf der anderen Hafenseite zum Arbeitseinsatz in einem großen Kühlhaus, dem „Cholodilnik", eingesetzt. Meine Aufgabe war es, aus den Kühlzellen die eingefrorenen Waren wie Fleisch, Fisch, Geflügel oder anderes an die Rampe zu karren, wo schon Kühlwaggons zum Einladen bereit standen. Meine Kameraden waren in gleicher oder ähnlicher Weise beschäftigt. Eines Tages nimmt mich einer von ihnen beiseite und sagt: „Komm, gib mir mal Dein Kochgeschirr! Wir haben einen wunderschönen Stör organisiert und schon zerteilt. Der kommt nicht in die Kühlzelle. Du bekommst auch Dein Teil". Er geht weg damit und bringt mir nach einer Weile das Gefäß vollgefüllt zurück. Nun müssen diese Aktivitäten aber irgendwie bemerkt worden sein. Wir stehen abends nach der Schicht auf dem Lastwagen, der uns ins Lager zurückfahren soll. Am Schlagbaum warten wir auf unsere Ausfahrt. Nach einigen Minuten kommt ein Sergeant aus der Wachtstube und befiehlt uns, vom LKW abzusteigen. Schnell schnallen wir unsere Kochgeschirre ab, die wir an einem Gurt bei uns tragen und lassen sie auf der Ladefläche des Fahrzeugs stehen. Nacheinander steigen wir ab. Der Sergeant kontrolliert jeden einzelnen und findet natürlich nichts. Dann steigt er aber auf den Lastwagen und sieht unsere Kochgeschirre, die wir sogleich herunterholen müssen. Er führt uns in das Wachtlokal, verläßt den Raum und läßt uns erst eine Weile in unserer Gewissensangst schmoren. Bei seiner Rückkehr legt er uns ein Schriftstück vor, das wir zu unterschreiben hätten. Damit sollten wir ein sträfliches Vergehen am sowjetischen Volkseigentum eingestehen. Er erklärt uns, daß wir nun Sträflinge seien und vor ein Tribunal gehörten. Während seiner Rede erscheint ein gut aussehender fülliger Herr in Zivil, der Kühlhausdirektor, und läßt sich das Blatt mit unseren Unterschriften geben. Er liest es aufmerksam durch und betrachtet eingehend einen jeden von uns. Er schüttelt dabei den Kopf und fragt uns, ob wir nicht undankbare Menschen seien und aus welchem Grund wir uns zu solch einem Diebstahl haben hinreißen lassen.

Doch während er so spricht, geschieht etwas völlig Unerwartetes. Alois, ein junger oberschlesischer Kamerad, tritt aus der Reihe und geht auf den Direktor zu. Er schildert ihm ganz aufgeregt, halb polnisch halb russisch, in welch erbärmlicher Lage wir uns im Gefangenenlager befänden, mit der schlechten Verpflegung und der kümmerlichen Unterkunft in den Baracken. Er erklärt ihm mit tränenerstickter Stimme das ganze Elend unseres Kriegsgefangenendaseins. Zuletzt wirft er sich vor seinen Füßen auf die Knie und bittet ihn flehentlich, uns nicht vor das Tribunal zu bringen. Und tatsächlich geschieht das fast Unglaubliche: Der hohe Herr schaut noch einmal in die Runde auf die armseligen Gestalten. Dann nimmt er das für uns verhängnisvolle Schriftstück und reißt es mittendurch. Während der Sergeant mit verwunderten Augen danebensteht, bekundet Alois freudig unserem Retter aufrichtigen Dank. „Pan Direktor, Pan Direktor" hören wir es immer wieder aus seinem Munde, als er versucht, ihm die Hände zu küssen.

Auf der Rückfahrt ins Lager sind wir alle tief bewegt, haben wir doch soeben demonstriert bekommen, was wirkliche Gnade bedeutet. Mir wird bewußt, wie sehr mir jetzt Kamerad Willy fehlt. Ich nehme mir jedenfalls fest vor, mich niemals wieder an einer solchen „Organisiererei" zu beteiligen.

Unterdessen bestätigen sich die Spekulationen um eine Auflösung unseres Lagers. Am 14. Juni fand eine Musterung statt und drei Tage später steht die gesamte Mannschaft zum Abmarsch bereit. Es ist ein merkwürdiges Gefühl, wenn das Lager aufgegeben werden soll, in dem man 17 Monate zugebracht hat. Erst bei diesem Abschied merke ich, daß einem auch ein solches Kriegsgefangenenlager mit allen dort erlebten positiven und negativen Erfahrungen ein wenig zur Heimat werden kann.

Im Kaukasuslager Krasnaja Poljana

Nun stehe ich wieder einmal auf einem Schiff. Nach langem Marsch durch die Stadt hat man uns auf einen Schwarzmeerdampfer verfrachtet. An den Straßen haben die Menschen gestanden, uns zugewinkt und gerufen: „Kamrad! Skoro domoi!" (Kameraden! Bald geht es nach Hause!) Wir haben sie in diesem Glauben gelassen und empfanden es dankbar, auf solch freundliche Art verabschiedet zu werden. Welch großer Unterschied war es doch zwischen dem eisigen Empfang im August 1945 und dem jetzigen Abschied.

Während meine Gedanken in die Vergangenheit zurückwandern, entschwindet hinter mir der Hafen von Noworossijsk mit seinen Häusern und Schiffen im morgendlichen Sonnenglast. An der Backbordseite ziehen in ständig wechselnder Kette die Kaukasusberge vorüber. Das Meer schimmert smaragdgrün, wie ich es noch nie erlebt habe. Über unseren Köpfen kreisen die Möwen und aus den Fluten tauchen unvermittelt springende Fische auf. Kurz gesagt, es beginnt die schönste Seefahrt meines bisherigen Lebens.

Nach stundenlanger, aber keineswegs langweiliger Passage kommen wir abends in dem berühmten Badeort Sotschi an. Dort verlassen wir das Schiff und werden auf Lastkraftwagen der amerikanischen Marke Studebaker verladen. Durch die lichterfüllten Straßen der Stadt geht unsere Fahrt weiter in Richtung der Berge. Herrlich leuchtet der Strand unter uns. In der Ferne entschwinden die weißen Häuser und dunklen Palmen unseren Augen. Wir fahren an Pärchen vorbei, die Arm in Arm flanierend den wunderschönen Sommerabend genießen. Aber immer wieder taucht in mir die Frage auf: „Warum hält man uns hier so lange fest? Soll die Gefangenschaft ewig dauern?"

Um Mitternacht halten wir im freien Gelände. Wir steigen aus und bereiten uns auf ebener Erde ein Nachtlager. Dicht nebeneinander liegend schlafen wir so dem Morgen entgegen. Als mich die Dämmerung des neuen Tages weckt, bietet sich mir ein unbeschreiblich schöner Anblick. Ich sehe mitten in die nähergerückte schneebedeckte Wunderwelt des Kaukasus hinein. Hatten uns die Schneeberge schon während unserer Schiffsreise wie ein ferner luftiger Schimmer begleitet, so sehen wir sie jetzt direkt vor uns. In diese grandiose Bergwelt geht es nun weiter. Wir brechen am frühen Morgen auf und fahren dann über steile Serpentinenstraßen höher ins Gebirge. Die Landschaft zieht in ständigem Wechsel an uns vorüber. Immer wieder ergeben sich neue wunderbare Eindrücke. An einigen Stellen führt die Straße durch Tunnels oder an schwindelerregenden Abgründen vorbei.

Um die Mittagszeit kommen wir im Kaukasuslager an. Krasnaja Poljana lautet sein klangvoller Name. Mehrere Holzbaracken liegen hier stacheldrahtumzäunt in dem von hohen Bergen umgebenen Flußtal der Msymta. Stromaufwärts wandert der Blick auf eine Gruppe majestätischer Dreitausender.

Der erste Arbeitseinsatz führt mich tiefer ins Tal zur Waldarbeit. Doch bereits am folgenden Tage gehöre ich zu einem Arbeitskommando, das bis zur Gletschergrenze fährt, um dort gefälltes Holz zu bergen. Die Baumgrenze schiebt sich hier bis an die Eismassen heran. Kurz vor der Rückfahrt am Nachmittag geht ein so heftiges Gebirgsgewitter über uns nieder, daß uns Hören und Sehen vergeht. Trotzdem kommen wir am Abend unversehrt ins Lager zurück.

Aber auch hier mache ich mit der Krankenstube Bekanntschaft. Diesmal ist es die Malaria, die mich mit hohem Fieber und Herzbeschwerden niederwirft. Nach sechs Wochen werde ich entlassen und verrichte nun meine Arbeit in den Objekten „Kiesgrube" und „Beton-Sawod". Es sind dies Zubringerbetriebe für die Errichtung eines großen Wasserkraftwerkes, zu dessen Aufbau wir alle von Noworossijsk nach Krasnaja Poljana verlegt worden sind. Es wird gemutmaßt, daß nach Abschluß der Arbeiten am Kraftwerk die Stunde der Heimkehr für uns schlagen soll.

Zeitweise bin ich Mitglied einer Brigade, die für die Betonverarbeitung Kies zu sieben hat. Dazu fährt man uns in ein trockenes Flußbett und läßt uns Steine für die Steinmühlen aufladen oder eben Kies sieben. Eines Tages gerate ich in Lebensgefahr, als mich ein rückwärtsfahrender tonnenschwerer Lastwagen fast an die Wand quetscht.

Unser Arbeitseinsatz ist im 3-Schichtsystem organisiert. Merkwürdigerweise reißen sich die Männer regelrecht um die Spät- und Nachtschichten. Das hat jedoch seinen guten Grund. Einmal ist es dann nicht mehr so heiß wie am Tage und andererseits locken nachts lohnende Streifzüge in die umliegenden Obstplantagen. Jeder weiß ganz genau, daß dieses nächtliche „Organisieren" einen Umzug ins Straflager nach sich ziehen kann. Aber selbst die russischen Wachtposten stiften unsere Landser zum „Plündern" an, um nachher die Hälfte des geraubten Gutes für sich behalten zu können. Es ist ein groteskes Bild, zu sehen, wie die Männer unter den Augen der Posten die prallgefüllten Apfelsäcke, diese mühsam unter den Mänteln verbergend, ins Lager schleppen. Den Schaden haben die Obstkolchosen, die deshalb ihr Soll nicht erfüllen können.

Auch mir sind die Spät- und Nachtschichten sehr willkommen, aber nicht wegen des Organisierens, sondern weil ich dadurch am Tage freie Zeit für mich gewinne. Sogar hier oben im Kaukasus gibt es eine ganz ordentliche Bücherei. So kommt mir hier die bekannte deutsche Literaturgeschichte von Paul Fechter in die Hände, die ich tagelang mit Freude lese. Die Kulturarbeit im Lager steht übrigens auf einem erstaunlich hohen Niveau. Wir bekommen durchaus sehenswerte Filme und Theaterstücke vorgeführt und es existieren Zirkel für die verschiedensten Interessengebiete. Die antifaschistische deutsche Lagerverwaltung steht hier unter der Führung eines Offiziers vom ehemaligen „Nationalkomitee Freies Deutschland". Dieser Mann ist charakterfest geblieben und versucht immer wieder zwischen den russischen Bewachern und uns zu vermitteln.

Für mich vergeht der Herbst zunächst ohne einschneidende Ereignisse. Die schönsten Eindrücke vermittelt mir in diesen Tagen die uns umgebende Natur. Fährt man das Tal entlang, so kann man im Grund noch die schönsten Sommerblumen und Bäume in sattem Grün erblicken, während weiter oben der Wald schon in herbstlicher Färbung erscheint und die Spitzen der Berge eine winterliche Schneedecke bedeckt. Die Arbeit in der herrlichen Bergluft bekommt mit gut. Natürlich meldet sich das Heimweh immer wieder, aber es ist nicht mehr so stark wie in den früheren Jahren. Nun habe ich, wie andere auch, die Hoffnung auf eine Heimfahrt zum Jahresende noch nicht aufgegeben. Aber schon im November beginnt man uns darauf vorzubereiten, daß bis zum Ende dieses Jahres nicht damit zu rechnen ist. Als uns das in einer Lagerversammlung endgültig mitgeteilt wird, gehen einem jungen Bayern die Nerven durch. Er ruft laut in den Saal hinein: „Wenn wir dieses Jahr nicht mehr nach Hause kommen, sehen wir unsere Heimat nie wieder!" Die Folge davon ist, daß er abgeholt wird und auf Nimmerwiedersehen verschwindet.

Unsere russischen Bewacher sind in der Zeit vor Weihnachten ebenfalls sehr nervös. Das wird an einem besonderen Vorkommnis deutlich. Auf dem Appellplatz hatte ein nächtlicher Sturm ein riesengroßes Leninbild umgestürzt. Darauf äußerte der russische MWD-Offizier den Verdacht, daß diese ungeheuerliche Tat nur von deutschen Kriegsgefangenen begangen worden sein könnte und tobte durch das Lager. Leider war dieser Offizier auch für besonders rigide Vernehmungsmethoden bekannt. Er wohnte außerhalb des stacheldrahtumzäunten Geländes. Tagsüber prügelte er seine Frau und nachts ließ er Gefangene in das sogenannte „Knusperhäuschen" bringen, um an ihnen die Kraft seiner Fäuste zu erproben. Schon oft hatten die von der Spätschicht zurückkehrenden Männer fürchterliche Schreie aus dieser berüchtigten Folterstätte gehört.

Anfang Dezember geht dann doch zu unserer großen Überraschung ein kleiner Transport von schwachen und kranken Kameraden in die Heimat. Da ich wieder einmal in guter körperlicher Verfassung bin, stehe ich nicht auf der Heimkehrerliste. Ich hoffe jedoch zuversichtlich, im nächsten Jahr mit dabei zu sein.

Kurz vor Weihnachten setzt der erste Schneefall ein. Über Nacht hatte sich auf die gesamte Bergwelt eine glitzernde Schneedecke gelegt. Schwerbepackt und unbeweglich stehen die Tannen. Zäune, Hecken und Sträucher haben weiße Kapuzen aufgesetzt. Der Gebirgsbach fließt rauschend um Steine und Felsbrocken, die in der winterlichen Verkleidung wunderliche Formen annehmen. Besondere Freude habe ich an den klaren kaukasischen Nächten. Waren schon die sommerlichen Sternbilder in den Bergen besonders schön, so zeigt sich der Winterhimmel in noch größerer und erhabenerer Pracht. Mein Lieblingssternbild ist der Orion, an dessen Position ich die Uhrzeit zu bestimmen lerne. In manchen Nächten entdecken wir rötlich oder grünlich schimmernde Sterne. Ich habe niemals wieder derartig schöne Nächte oder auch Sonnenaufgänge erlebt, wie in den Bergen des Kaukasus. Außerdem sind auch die Flora und Fauna von besonderem Reiz. Bisher unbekannten Tieren und Pflanzen können wir begegnen, von den kleinsten Moosen bis zu den gewaltigsten Urwaldbäumen, von seltenen Schmetterlingen bis zum Meister Petz, dem Braunbär.

Am Vormittag des 24. Dezember werden wir zum Schneeschaufeln eingesetzt, da es nachts zuvor frisch geschneit hatte. Gegen drei Uhr sind wir jedoch schon wieder im Lager und haben von da an arbeitsfrei bis zum zweiten Weihnachtstag. Zu unserer großen Freude wird am Heiligabend Post ausgeteilt. Ich bekomme Kartengrüße von meinen heimgekehrten Kameraden Hans und Willy. Obwohl keine offizielle Weihnachtsfeier angesetzt ist, kommen die Männer in kleinen Gruppen in den Baracken zusammen, um die erhaltenen Nachrichten aus der Heimat auszutauschen und sich gegenseitig kleine Geschenke zu bereiten. Hier und da hat man ein Tannenbäumchen aufgestellt und hin und wieder sind auch Weihnachtslieder zu hören.

Ich hatte mir schon in der vorjährigen Adventszeit zu meiner eigenen Freude ein Adventshäuschen mit Fenstern und Türen gebastelt, das von innen mit einem Talglicht erleuchtet werden kann. Schon als Kind fand ich besonderen Gefallen an weihnachtlichen Bastelarbeiten und nun, in der Gefangenschaft, stelle ich ein solches selbstgebasteltes Adventshäuschen auf meinen Holzkoffer. Oft bleiben vorbeigehende Kameraden oder auch Russen stehen, um die Bilder in den Fensterchen zu betrachten und sich erläutern zu lassen.

So ging der Heilige Abend 1948 still und friedlich für uns vorüber. Am ersten Feiertag bekamen wir von unserer Kulturgruppe ein nettes Unterhaltungsprogramm serviert, doch am zweiten Feiertag mußten wir wieder an die Arbeit. Für mich ging es zum Einsatz nach „Beton-Sawod". Auf dem langen Anmarschweg schimpften einige Kameraden auf die Russen, die uns am zweiten Weihnachtstag arbeiten ließen. Ich jedoch war zufrieden, daß wir Heiligabend und den ersten Feiertag frei hatten und wollte mir meine Weihnachtsfreude durch nichts mehr nehmen lassen. Gerechterweise konnten wir wohl auch nicht verlangen, daß uns arbeitsfreie Tage gegeben werden, die in Rußland nicht als Feiertage gelten. Das russische Weihnachtsfest wird ja erst am 6. Januar begangen.

Inzwischen gewann ich den Eindruck, daß man russischerseits bemüht war, die durch die ausgebliebene Heimkehr enttäuschten Kriegsgefangenen nicht noch mehr zu verärgern. Jedenfalls gaben sich unsere Bewacher am Ende des Jahres in sehr leutseliger Weise mit uns ab und behaupteten sogar, ein guter deutscher Kriegsgefangener müsse am Silvesterabend sein Glas erheben und einen Trinkspruch auf das Glück der ruhmreichen Sowjetunion ausbringen. In Ermangelung eines Glases und des dazugehörigen alkoholischen Inhaltes war es uns jedoch nicht möglich dieser Aufforderung nachzukommen.

Als in der Neujahrsnacht mit dem Schlag der Kremlglocken das Jahr 1949 begann, wußte ich noch nicht, daß es diesmal endlich das Jahr der Heimkehr für mich werden sollte. Hätte ich allerdings geahnt, was mir in den kommenden zwölf Monaten widerfahren sollte, wäre ich sicher nicht so friedlich in den Neujahrsmorgen hineingeschlafen.

Die erste unangenehme Überraschung im neuen Jahr ist für mich meine Versetzung vom Betonwerk zu einer Tunnelbrigade. Die Arbeit im „Beton-Sawod" war zwar nicht gerade leicht, aber ich hatte mich an sie gewöhnt und verstand mich gut mit den Kameraden. Im Tunnel zu arbeiten, war dagegen ausgesprochene Knochenarbeit. Es handelte sich bei diesem Objekt um einen mehrere hundert Meter langen Tunnel, der von uns für ein Wasserkraftwerk errichtet werden sollte. Er wurde durch etappenweise Sprengungen in den Berg vorangetrieben. Unsere Aufgabe war es, den Sprengschutt wegzuräumen und die Tunneldecke zu betonieren. Dazu mußten wir den Beton, der uns auf der Tunnelsohle vor die Füße gekippt wurde, mit Schaufeln in die vorbereiteten Verschalungen über unseren Köpfen befördern. Ausruhen konnte man sich nicht, denn unaufhörlich wurde neuer Beton aus den Mischmaschinen herangefahren. Wenn die Schicht beendet war, fühlte ich mich jedesmal ausgepumpt. Hätten wir nicht eine erträgliche Verpflegung gehabt, so wäre ich bald wieder mit meiner Kraft am Ende gewesen. Doch so hielt ich eine ganze Weile im Tunnel durch, bis ich im Januar einen zehntägigen Urlaub innerhalb des tiefverschneiten Lagers antreten durfte. Das war eine schöne Zeit für mich. Endlich konnte ich wieder nach Herzenslust lesen. So kam mir auch das Buch mit dem Titel „Sturm" des Deutschenhassers Ilja Ehrenburg in die Hände. Darin bekennt er, daß er die Deutschen wegen ihrer preußischen Präzision und Pünktlichkeit zu hassen lernte.

In diese Zeit fiel auch meine erste und einzige Vernehmung in Krasnaja Poljana. Am 3. Februar wurde ich vor den berüchtigten MWD-Offizier unseres Lagers geführt. Entgegen meinen Befürchtungen verlief die Befragung kurz und korrekt. Er erkundigte sich nach der militärischen Einheit, bei der ich am Schluß des Krieges gekämpft hatte. Ich nannte ihm der Wahrheit entsprechend den Namen dieser „Kampfgruppe Mähren". Er betrachtete mich zufrieden und ließ mich gehen. Daraus mußte ich schließen, daß man über mich bereits genau unterrichtet war.

Merkwürdigerweise wurde ich zwei Tage später zum deutschen Antifaleiter gerufen, der mich fragte, ob ich bereit sei, für ein paar Wochen auf die Antifaschule nach Krasnodar zu gehen. Ich muß wohl sehr verdutzt ausgesehen haben, denn er sagte: „Na überleg Dir's mal und gib mir übermorgen Bescheid". Von nun an stand ich also vor der Frage, ob ich das Angebot annehmen oder ablehnen sollte. Da die Russen mit Sicherheit über meine Zugehörigkeit zur Waffen-SS informiert waren, konnte es bei dem bevorstehenden Kursus nur darum gehen, mich im kommunistischen Sinne umzuschulen. Ich überlegte mir dabei, daß man mich sicher als hartnäckigen und unbelehrbaren Faschisten ansehen würde, sollte ich die Lehrgangsteilnahme ablehnen. Zum Glück begegnete mir gerade zu dieser Zeit mein katholischer Kamerad Rudi vom Bibelkreis im Hafenlager Noworossijsk. Ich bat ihn um seinen Rat. Er sagte nach einigem Überlegen: „Entscheiden mußt Du allein. Solltest Du noch zweifeln und unsicher im Glauben sein, würde ich Dir entschieden von diesem Lehrgang abraten. Wenn Du aber weißt, daß Du fest im Glauben an unseren Herrn und Heiland Jesus Christus stehst und mit ihm im Gebet verbunden bleiben willst, rate ich Dir, getrost nach Krasnodar zu fahren". Also meldete ich mich zum Antifa-Lehrgang an.

Auf der Antifaschule Krasnodar

Am 9. Februar stehe ich mit gepackten Sachen am Lagertor. Ein Lastkraftwagen fährt vor, der mich und einige andere Kameraden auf den Weg bringen soll. Wir fahren bei herrlichem Winterwetter dieselbe Strecke zurück, die ich im Sommer gekommen bin. Noch weiß ich nicht, daß dies mein letzter Abschied vom Kaukasus ist. Als wir unten in Sotschi ankommen, ist kein Schnee mehr zu sehen. Eine milde Vorfrühlingsluft schlägt uns entgegen. Wir übernachten im Wartesaal des Bahnhofs. Am nächsten Morgen geht es mit der Bahn weiter über Tuapse, Kabardinskaja, Beloretschenskaja, Armawir nach Kawkaskaja.

Auf dieser Fahrt habe ich ein seltsames Erlebnis. Ich fahre zum ersten Mal seit meiner Gefangennahme nicht im Güterwaggon, sondern in einem richtigen Eisenbahnabteil. Im gleichen Wagen fahren russische Zivilisten. Auf der anderen Seite unseres Abteils haben einige Rotarmisten Platz genommen, anscheinend Turkmenen. Als die Sonne sich über den Horizont zu heben beginnt, springen sie plötzlich auf und verneigen sich mehrmals mit über der Brust gekreuzten Armen in östlicher Richtung. Wir sind alle sehr erstaunt, denn eine solche Gebetshaltung hätten wir bei Sowjetsoldaten niemals für möglich gehalten.

Mir gibt dieses Erlebnis einen gewissen Trost. Wenn also in der Sowjetunion die Mohammedaner nach ihrem Glauben leben können, sollte man mich dann auf der Antifaschule wegen meines Christenglaubens behelligen?

Die zweite Nacht verbringen wir im Bahnhofswartesaal von Kawkaskaja, in welchem wir uns völlig frei bewegen können. Wir kommen mit kaukasischen Zivilisten ins Gespräch und schließen unter den Augen der begleitenden Militärpolizisten unsere Tauschgeschäfte ab. Nur einmal ruft uns ein Rotarmist zusammen, als eine Bahnhofsstreife im Wartesaal erscheint. Zu dieser Streife gehören ein Offizier und zwei Soldaten, alles herrlich schlanke kaukasische Gestalten. Der Offizier ist mit einem langen, enganliegenden Kosakenmantel und einer Tscherkessenmütze bekleidet, in der Hand wippt eine Reitgerte. Auch die beiden einfachen Begleiter fallen durch wohltuende Sauberkeit auf. Gegen 6 Uhr morgens fährt unser Zug weiter nach Krasnodar. Dort treffen wir um 1 Uhr mittags ein. So bekomme ich wieder die Stadt zu sehen, in der ich zum Anfang meiner Kriegsgefangenschaft bereits gewesen bin. Die Antifa-Schule ist im Hauptlager untergebracht, das ich noch lebhaft in Erinnerung habe. Die Strecke vom Bahnhof bis zum Lager gehen wir zu Fuß. Unterwegs fällt mir ein Plakat auf, das mir die Aufführung der deutschen Operette „Der Graf von Luxemburg" ankündigt.

Am nächsten Tag werden wir Antifa-Schüler zu einem Arbeitseinsatz in das Objekt „Elektro-Zet" kommandiert. Dann beginnt am 13.März unsere „Umschulung". Der Lehrgang, dem ich zugeteilt worden bin, umfaßt 25 Schüler. Außer gelegentlichen Arbeitseinsätzen werden wir nun täglich in Marxismus-Leninismus unterrichtet. Vormittags halten uns deutsche und russische Dozenten Vorlesungen über den dialektischen und historischen Materialismus, über die Geschichte der deutschen Arbeiterbewegung und der Kommunistischen Partei der Sowjetunion sowie über andere politische Themen. Ich gewinne, je länger je mehr, Interesse an diesem Lehrgang. Nach sechs Wochen beschließe ich ihn mit der Gesamtnote „Gut".

Allerdings muß wohl dem deutschen Schulungsleiter meine innere Einstellung bekannt geworden sein. Vielleicht hat ihm einer berichtet, daß ich täglich in meinem Neuen Testament lese. Jedenfalls kommt er eines Tages gerade beim Abendessen in unsere Unterkunft und überfällt uns mit der Frage: „Wer von Euch glaubt denn noch an den lieben Gott?" Ich löffele gerade in meiner Suppe und will ihm schon antworten, da stößt mich ein Kamerad in die Seite und gibt mir zu verstehen, daß ich schweigen soll. Als nun der Fragende von keinem eine Antwort erhält, fängt er an, in plumper und abstoßender Weise den Christenglauben lächerlich zu machen. Nur widerwillig lassen sich einige von ihm ins Gespräch ziehen. Zum Schluß merkt er wohl, daß er hier ganz verkehrt vorgegangen ist. Er versucht, das wieder gutzumachen, indem er sich mit den Worten verabschiedet: „Naja, wir wollen Euch ja nicht alle zu Kommunisten machen, aber gute Antifaschisten sollt Ihr werden!"

Lange Zeit später erfahren wir, daß dieser deutsche Schulungsleiter ein ehemaliger katholischer Priester vom „Nationalkomitee Freies Deutschland" gewesen ist.

Ein zweites mir unverständliches Ereignis geschieht einige Tage später. Unserem Antifa-Lehrgang und allen Lagerinsassen wird der Propagandafilm des Dritten Reiches „Ohm Krüger" gezeigt. Er läuft zur Zeit in den russischen Lichtspielhäusern, um anscheinend Stimmung gegen die englischen Kapitalisten zu machen. Angewidert verlasse ich diese Kinovorstellung und halte auch mit meiner Meinung nicht zurück.

Einen positiven Eindruck hinterläßt jedoch ein russischer Offizier und Dozent, den wir den Hufschmied nennen. Dieses war er auch , als er zur Zeit der russischen Oktoberrevolution 1917 als junger Mann auf den Barrikaden für die Abschaffung des zaristischen Unrechtsstaates und für die Errichtung einer besseren sozialistischen Gesellschaftsordnung kämpfte. Bei ihm spüren wir, daß hier kein Schaumschläger vor uns steht, sondern einer, der die eigene Haut für seine Überzeugung zu Markte getragen hat.

Ich darf in diesen Tagen noch weitere schöne und erfreuliche Erlebnisse erfahren. Eines Vormittages werden wir Kursanten in eine Gemäldegalerie geführt, um uns Werke alter russischer Meister anzusehen. Überwältigt stehe ich nach Jahren wieder vor wirklichen Kunstwerken, nachdem ich bisher in unseren Lagern nur die mehr oder weniger schöne politische Plakatmalerei zu sehen bekommen habe. Dankbar empfinde ich auch unsere nächste Führung ins Historische Museum dieser Stadt. Hier bin ich besonders von einer graphischen Darstellung beeindruckt, welche die geologische Entstehung des Kuban- und Kaukasusgebietes zeigt. Die Schautafel ist so angeordnet, daß der Betrachter immer wieder in die Vergangenheit geführt wird. Es wird ersichtlich, daß einmal eine Verbindung zwischen Kaspischem Meer und dem Schwarzen Meer bestanden hat. Das letzte Bild zeigt eine gewaltige Wasserfläche, aus der nur die höchsten Berge des Kaukasus herausragen. So erklären sich die Funde von Muscheln, Meeresschnecken und anderen fossilen Salzwassertieren bis in den Kaukasus hinein. Für mich wird dadurch in überraschender Weise der historische Kern der Sintflutgeschichte bestätigt.

Das materiell sichtbare Ergebnis dieser Antifa-Lehrzeit sind für mich 50 Rubel, die ich in die Hand gezahlt bekomme. Es ist dies mein erstes Geld, das ich mir in den Jahren der Gefangenschaft verdient habe. Für alle schwere Arbeit im Wald, im Steinbruch, beim Wohnungsbau und zuletzt noch im Tunnel habe ich nicht eine Kopeke bekommen. Hier mußte ich körperlich kaum arbeiten und erhalte auf einen Schlag 50 Rubel. Sonst hat ein Schüler, wenn er etwas lernen will, Schulgeld zu bezahlen, hier ist es genau umgekehrt.

Der 22. März bringt den Abschiedsabend für unsere Lehrgangsteilnehmer. Am nächsten Morgen packen wir die Holzkoffer, um in die Lager zurückgebracht zu werden, aus denen wir gekommen sind. Die Namen werden zur Abfahrt aufgerufen, aber mein Name wird nicht genannt. Ich laufe schnell zum deutschen Lagerleiter und frage ihn, warum ich nicht mit meinen Kameraden nach Krasnaja Poljana zurückfahren darf. Er schaut mich kurz an und sagt dann lakonisch: „Das wird schon seinen Grund haben" und läßt mich stehen. Enttäuscht und beunruhigt ziehe ich mich mit meinem Köfferchen in die Unterkunft zurück. Natürlich versuche ich weiterhin zu erfahren, warum man mich hier zurückgelassen hat. Dabei stoße ich immer auf die eine Erklärung, daß unser Hauptlager in nächster Zeit in ein Regimelager umgewandelt werden soll, in dem alle Leute der Waffen-SS und sonstwie verdächtige Personen zusammengefaßt werden. Wozu? Das kann mir keiner sagen.

An diesem 23. März sitze ich nachmittags allein im Speiseraum, starre zum Fenster hinaus und denke an die Zukunft, die mir noch nie so ungewiß erschienen ist wie in diesem Augenblick. Die merkwürdigsten Gedanken gehen mir durch den Kopf. Ich muß mit der Möglichkeit rechnen, daß man mich ebenso wie viele andere als Kriegsverbrecher verurteilt, ohne daß mir auch nur eine Schandtat nachgewiesen werden kann. Es wurde mir berichtet, daß alle Angehörigen der SS-Totenkopfdivision im Kollektivverfahren verurteilt worden sein sollen, ohne daß zuvor die Einzelschuld der Bestraften nachgeprüft wurde.

Nach längerem Überlegen bin ich auf alles gefaßt. Ich versuche mich an den Gedanken zu gewöhnen, die Heimat unter Umständen nicht mehr wiederzusehen. Doch bei aller Einsicht in meine derzeit ungewisse, ausweglose Lage erfahre ich eine ungemein tröstende innere Stärkung im Gebet. Mir wird bewußt, daß ich immer und überall unter Gottes Schutz stehe, ganz gleich, ob mein Weg nach Deutschland gehen wird – oder nach Sibirien.

Die kommenden Tage bringen mir noch keine Klärung. Ich vermute, daß man mir eine Funktion im antifaschistischen Lagerbereich auferlegen wird, damit ich mich bewähren kann. Aber ich werde durch Fürsprache eines russischen Dozenten der Lagerküche als Hilfskoch zugeteilt. Ich habe es dadurch natürlich besser als jeder andere und brauche nicht mehr bei Wind und Wetter zur Arbeit hinaus. Wir arbeiten in der Küche in einer 24-Stundenschicht. Der Dienst beginnt abends um 6 Uhr mit der Essensausgabe an die heimkehrenden Arbeitsbrigaden. In der Nacht werden die Kessel angeheizt und die Morgensuppe gekocht. Das alles verläuft noch verhältnismäßig ruhig. Nach der Essensausgabe am Morgen geht es dann aber Schlag auf Schlag mit Lebensmittel fassen, dann die Mittagssuppe vorbereiten und in die Kübel füllen, die dann zu den einzelnen Arbeitsstellen gefahren werden. Nachmittags gilt es, die zurückgebrachten Kübel zu säubern und gleich wieder die Abendsuppe zu kochen.

So geht ein Doppelarbeitstag herum und man gewöhnt sich an diesen merkwürdigen Lebensrhythmus, der aus 24 Stunden Arbeit und 24 Stunden Freizeit besteht. Mir geht es dabei sehr gut. Zu essen habe ich alles, was ich brauche. Gesundheitlich fühle ich mich wohlauf. Meinen 22. Geburtstag verbringe ich in einer Weise, wie ich ihn in Gefangenschaft noch nie erlebt habe. Am Morgen wird mir von vier Mann unserer Lagerkapelle ein Ständchen gebracht und für den Nachmittag hat mir einer der Köche einen feinen Kuchen gebacken. Auch sonst habe ich alles, um in guter körperlicher Verfassung zu bleiben. Deshalb wundere ich mich auch nicht, als mir eines Abends beim Duschen ein abgearbeiteter Kamerad hinterherruft: „Der könnte auch mal wieder raus zur Arbeit gehen!" Bis zur Erfüllung dieses unfreundlichen Wunsches sollen allerdings noch einige Wochen vergehen.

Inzwischen erlebe ich das Wiedersehen mit meinen alten Kameraden Major T. und Karl, die sich im Mai des vergangenen Jahres von mir verabschiedet hatten und also nicht entlassen worden waren. Sie sind beunruhigt darüber, daß man sie nun noch in unser scharf bewachtes Regimelager gebracht hat, das inzwischen zu einem Sammelbecken aller den Russen Verdächtigen geworden ist. Ich bin jedoch froh, wieder zwei Freunde bei mir zu haben.

Leider bringt mir meine Zugehörigkeit zur Küche auch einige traurige Erfahrungen. Im Lager werden nämlich in letzter Zeit laufend Vernehmungen durchgeführt, als deren Folge eine ganze Reihe der Vernommenen in den Karzer wandern. Ich habe nun die Aufgabe, diese Inhaftierten zu verpflegen. Um die Mittagszeit begebe ich mich mit Suppeneimer und Brotscheiben zu dem Posten, der die Eingesperrten bewacht und lasse mir von ihm die Zellen aufschließen. Da bieten sich mir oft erschütternde Bilder. Unrasierte und ungewaschene Männer läßt man da bei schmaler Kost in einer Zelle hausen, um sie dann in entkräftetem Zustand zu neuen Verhören zu holen. Ich habe den Auftrag, den Suppenschlag und die schmale Brotration auszuteilen. Nach einiger Zeit gelingt es mir, einen größeren Eimer mitzunehmen, um größere Portionen austeilen zu können. Das geht eine ganze Zeit gut, bis es ein neuer, jüngerer Posten bemerkt und mir es mit dem Hinweis verbietet, daß hier ein Karzer und kein Kurort sei.

Obwohl ich ja selber Gefangener hinter Stacheldraht bin, kann ich mich vergleichsweise glücklich preisen, im Gegensatz zu diesen bemitleidenswerten Gestalten, die hier für irgendwelche undurchsichtigen Prozesse gefügig gemacht werden sollen. So steht immer wieder vor meinen Augen jener schlanke, drahtige Offizier der Gebirgsjäger, der beim deutschen Vormarsch im Kaukasus die Reichskriegsflagge auf dem Elbrus gehißt hatte. Er gibt mir zu verstehen, daß dies der Grund sei, weshalb er jetzt schon wochenlang sein Leben im Karzer verbringen muß.

Inzwischen werde auch ich noch einmal zu einer kurzen und letzten Vernehmung geholt. Ich werde erneut nach meiner Zugehörigkeit zur Waffen-SS befragt. Ich leugne dies nicht und beantworte auch wahrheitsgemäß die folgenden Fragen nach meiner Zugehörigkeit zur Hitlerjugend. Bald danach darf ich wieder gehen.

Ende Juli findet ein erneuter Wechsel des Lagers statt. Man bringt mich an den Stadtrand von Krasnodar ins Lager 15, das sogenannte Ungarnlager, aus dem die Ungarn inzwischen schon alle entlassen worden sind. Dort kann ich noch ein paar Tage in der Küche mitarbeiten und werde dann in ein Straßenbaulager in 24 Kilometer Entfernung von der Stadt gebracht. Dies soll für mich die vorletzte Etappe meiner Gefangenschaft werden.

Als unser Lastwagen am Lagereingang hält, bekomme ich einen Schreck. Das ganze Lager macht einen äußerst primitiven Eindruck, ähnlich den Verhältnissen, in denen wir die ersten schweren Jahre verbringen mußten. Hatten wir es in Noworossijsk, Krasnaja Poljana und Krasnodar versucht, unsere Unterkünfte immer wohnlicher und schöner einzurichten, so standen wir hier vor einem völligen Neuanfang. Einen Speisesaal gab es nicht. Die Mahlzeiten wurden im Freien eingenommen. Auch mußten sich die Männer unter einer primitiven Duschanlage waschen. Dazu kam die scharfe Bewachung in diesem Lager und die fürchterliche Antreiberei bei der Arbeit. Als ich gerade am Lagertor mit den anderen Kameraden vom Lastwagen herunterspringe, sieht mich Hannes, ein früherer Kompanieführer aus dem Hafenlager Noworossijsk, der auch hier wieder einen leitenden Posten hat. Er kommt auf mich zu und sagt: „Mensch, das ist fein, daß du hier bist. Ich kann dich gerade als Brigadier gebrauchen." So bekomme ich unversehens eine Arbeitsbrigade zur Führung anvertraut. Unser Einsatzraum ist an einer langen Schneise, die man zum Bau einer Straße in den Wald gehauen hat. Unsere Aufgabe besteht darin, daß wir das Gelände mit Spaten, Hacken und Brechstangen von den Baumstubben säubern, die im Boden zurückgeblieben sind. Es ist dies eine elende und schwere Arbeit. Aber die Männer gehen wie wilde Berserker daran, weil man uns immer wieder einredet, die Fleißigsten kämen zuerst nach Hause. Auch die jungen Leute meiner Brigade tun ihr möglichstes und ich helfe ihnen dabei, so gut ich kann. Allerdings stehe ich von Anfang an mit unserem russischen Meister, dem Natschalnik, in einem schlechten Verhältnis, weil ich merke, daß er meine Männer um die erarbeiteten Prozente betrügt. Stelle ich ihn zur Rede, so tut er gerade, als ob er mich nicht verstünde.

Meiner nicht gerade beneidenswerten Funktion wird jedoch bereits nach zehn Tagen ein Ende bereitet. An jenem Nachmittag kommt es nämlich kurz vor Arbeitsschluß zu einer heftigen Auseinandersetzung zwischen einem Russenposten und zwei meiner Männer. Diese beiden jungen Kameraden hatten sich kleine Holzhocker für die tägliche Hin- und Rückfahrt auf dem Lkw angefertigt, um nicht ständig auf der bloßen Ladefläche sitzen zu müssen. Der Russe entdeckt die leichten Hocker und stellt die beiden Männer zur Rede. Diese bleiben ihm aber die Antwort nicht schuldig und einer gibt ihm zu verstehen, daß man normalerweise Tiere auf solch eine Art wie uns befördert. Darauf läuft das Gesicht des Posten zornrot an und er brüllt: „Du Faschist! Wie heißt Du?" Der Gefangene antwortet: „Dir nenne ich meinen Namen nicht. Wenn wir im Lager sind, werde ich Deinem Offizier Rede und Antwort stehen." Sofort läßt mich der Posten rufen und verlangt von mir, dafür zu sorgen, daß die beiden Aufsässigen in den Karzer kommen. Als ich das ablehne, fängt er an, auch mich zu beschimpfen. Die beiden Hocker zerschlägt er und wirft sie in das Gebüsch. Wir suchen in halb sitzender und halb hockender Stellung unsere Plätze auf dem Lkw und werden holpernd und durchgeschüttelt ins Lager zurückgebracht. Dort kommt es in der Wachtstube zu einem zweiten Auftritt, in dessen Folge die beiden jungen Kameraden für den Karzer bestimmt werden und ich meine Stellung als Brigadier verliere.

Am nächsten Tag werde ich einer Straßenbaubrigade zugeteilt und muß schwere Arbeit verrichten. Dabei werden wir sehr scharf bewacht. Zivilisten, die sich uns nähern wollen, werden zurückgejagt. Es sind noch einmal traurige und belastende Wochen für uns. Oft geschieht es, daß man uns morgens pünktlich zur kilometerweit entfernten Baustelle fährt, aber am Abend zu Fuß heimtippeln läßt. Die Stimmung im Lager ist dadurch nicht gerade rosig, wenn wir nach des Tages Arbeit mitunter völlig durchnäßt und ermattet zurückkehren.

Einige Zeit später sitzen wir wieder einmal im strömenden Regen am Straßenrand. Durchgeweicht hocken wir einer neben dem anderen und haben uns so in unser Schicksal ergeben. Da spricht mich mein Nachbar an: „Ich verstehe nicht, daß du noch glauben kannst. Für mich gibt es schon lange keine Gerechtigkeit mehr auf dieser Welt. Früher, ja, da war ich auch noch fromm. Aber jetzt? Wenn es einen Gott im Himmel gibt, wie kann er es denn zulassen, daß wir hier so erbärmlich behandelt werden? Was habe ich für eine Schuld am Krieg? Warum muß ich denn für das büßen, was uns andere eingebrockt haben?" Es ist ein katholischer Kamerad, der so vor sich hin spricht. Ich lasse ihn reden und schweige dazu. Er meint, daß ich immer noch an Gott glaube und hat keine Ahnung, welchen inneren Kampf es mich gekostet hat, dem nationalsozialistischen Irrglauben abzusagen, um den Glaubensweg mit Jesus Christus zu gehen.

Irgendwie tut er mir leid, aber auch diejenigen, die in unserer haltlosen Situation nichts mehr haben, woran sie sich aufrichten können. Ich trage mein Neues Testament ständig bei mir. Dafür bin ich Gott dankbar. Am 28. August wird der 200. Geburtstag Goethes im Lager feierlich begangen. Man kann sich wohl keinen größeren Gegensatz denken, als das idealistische Erbe dieses Mannes und unsere alltägliche erbärmliche Wirklichkeit. Die Kulturgruppe des Lagers bringt Auszüge aus dem „Faust". Ich bin für den Vortrag lyrischer Werke Goethes vorgesehen.

Mit großem Interesse verfolgen wir in diesen Tagen die politische Entwicklung in Deutschland. Wir bekommen laufend aus der Sowjetischen Besatzungszone Zeitungen zu lesen und erfahren dadurch vom Entstehen zweier provisorischer Republiken, einer Bundesrepublik im Westen und einer Deutschen Demokratischen Republik im Osten unseres Vaterlandes. Uns ist natürlich klar, daß es die Besatzungsmächte sind, die dabei den entscheidenden Einfluß ausüben. Zur gleichen Zeit wird uns abermals versichert, daß die guten Kriegsgefangenen in Kürze alle entlassen würden. Nur die Kriegsverbrecher müßten mit schweren Strafen rechnen.

Heimkehr

Anfang November 1949 ist es dann soweit. Das Lager gerät in eine große Aufregung. Die Nerven sind zum Zerreißen gespannt. Eine Ärztekommission ist erschienen. Jeder wird gründlich untersucht, ob er das verdächtige Blutgruppenzeichen der Waffen-SS am linken Oberarm in der Achselhöhle trägt. Ich habe dieses Zeichen nicht an mir. Dafür war die Zeit meiner Zugehörigkeit zu dieser Waffengattung wohl zu kurz. Es gibt aber Kameraden, die vom Kriege her eine Narbe am linken Oberarm haben. Auch sie werden zurückgehalten, weil der Verdacht besteht, das Blutgruppenzeichen selber beseitigt zu haben. Tagelang stehen wir alle unter furchtbarer seelischer Anspannung.

Dann kommt die Nacht vom 15. auf den 16. November, in der ein Melder durch die Baracken geht und die Namen der Heimkehrer bekanntgibt. Mein Name ist nicht mit dabei. Als am anderen Tag der ganze Rummel vorüber ist, gehe ich langsam die Lagerstraße entlang und bete die Worte des Heilandes „Vater, nicht mein, sondern dein Wille geschehe."

Am nächsten Morgen wird bekanntgegeben, daß die Heimkehrer im Lager bleiben dürfen. Alles andere hat sich fertigzumachen zum Abtransport. Im dicken Nebel besteigen wir die Fahrzeuge, die uns vom Straßenbaulager in unbekannte Richtung fahren werden. Nach kurzer Zeit gelangen wir aus der grauen Nebelwand in den schönsten Sonnenschein und merken, daß wir wieder direkt vor Krasnodar sind. Ich staune, als ich mich am Ende der Fahrt vor dem Tor des Lagers 15 wiederfinde, von dem ich Mitte August abgefahren war. Sofort bemerke ich, daß sich etwas verändert hat. Das Lager ist jetzt überbelegt. Ich sehe manche bekannte Gesichter wieder, auch meinen lieben katholischen Freund Rudi, der im Bibelkreis von Noworossijsk dabeigewesen war. Er erzählt mir an einem unbewachten Ort von seinen furchtbaren Erlebnissen der letzten Monate, von den vielen entwürdigenden Vernehmungen, die ihn fast dahin geführt hätten, seinem Leben ein Ende zu bereiten.

Erschüttert stehe ich vor dieser Beichte und sehe mich selbst wieder auf dem höchsten Stockwerk eines Gebäudes im Hauptlager Krasnodar stehend, in die Tiefe hinunterblickend, die mir zuzurufen scheint: „Laß dich herab, hier unten hat alles Leid ein Ende." Dabei wird mir wieder neu bewußt, in welcher großen Gefahr ich damals gestanden habe.

Unterdessen überstürzen sich die Ereignisse. Eine Kommission aus Moskau ist aufgetaucht, die nun die einzelnen Baracken durchkämmt. Wenn die Arbeitsbrigaden am Morgen zum Abmarsch bereitstehen, erscheint ein russischer Sergeant und verliest die Namen derer, die der Kommission vorgestellt werden sollen. Diese werden nach kurzem Verhör auf Lastwagen verladen und zum Tribunal nach Krasnodar gebracht, wo dann ihre Verurteilung als Kriegsverbrecher erfolgt. Unerträglich ist für uns die Belastung, jeden Morgen darauf warten zu müssen, daß der eigene Name genannt wird. Aber nicht nur morgens werden die Unglücklichen ausgesiebt. Sie werden auch nachts von ihren Pritschen geholt oder tagsüber von ihrem Arbeitsobjekt ins Lager zurückgebracht.

Eines Tages begegnet mir auf dem Hof des Lagers eine bekannte Gestalt. Es ist der Dolmetscher W. vom Hafenlager Noworossijsk, der korrekt und menschlich meine Sache bei den ersten Vernehmungen vertreten hat. Er nickt mir im Vorbeigehen freundlich zu und ich nehme dies als ein gutes Zeichen für mein weiteres Schicksal. Und wirklich, ich brauche nicht vor die Kommission aus Moskau, sondern darf sogar noch einmal zur Arbeit auf eine Außenstelle.

Am 10. Dezember werde ich einem Arbeitskommando zugeteilt, das eine besondere Aufgabe gestellt bekommen hat. Wir sollen einen deutschen Kriegsgefangenenfriedhof bei Beloretschenskaja in Ordnung bringen, die Gräber wiederherstellen und mit Nummernschildern versehen. Ein Gerücht sickert durch, wonach die Sowjetregierung bis zum Jahresende der Welt nachweisen möchte, wieviel deutsche Soldaten in der Gefangenschaft verstorben sind. Es dürfte aber wohl schwer werden, diesen Nachweis zu erbringen, meinen wir. So besteige ich nun an jenem frostigen Dezembermorgen mit acht Kameraden den LKW, der mich zu meinem letzten Arbeitseinsatz auf russischer Erde bringen soll.

Die Fahrt verläuft recht interessant. Das Ziel erreichen wir nicht an einem Tage. So werden wir unterwegs bei einbrechender Dunkelheit in ein hohes massives Gebäude gebracht, das sich unschwer als Gefängnis erkennen läßt. Wir kommen alle in eine Zelle und erlangen dadurch den traurigen Ruhm, eine ganze Nacht im Gefängnis verbracht zu haben. Daß wir nicht die einzigen Insassen sind, merken wir an dem Lärm in den anderen Zellen. Wir können dabei deutlich Frauen- und Kinderstimmen unterscheiden. Als wir am anderen Morgen herausgeführt werden, versuchen uns halbwüchsige Strafgefangene durch ihr Zellenguckloch um Tabak anzubetteln, was sogleich vom Gefängniswärter verhindert wird. Weiter geht die Fahrt zum vorgesehenen Kriegsgefangenenfriedhof. Wir halten vor einem kleinen Bauernhaus, dicht bei dem genannten Gräberfeld. Dort werden wir einquartiert. Das Haus ist bewohnt von einer jungen Bäuerin mit drei kleinen Kindern. Sie erzählt uns, ihr Mann arbeite schon seit drei Jahren in Wladiwostok und habe bisher weder geschrieben noch sich sehen lassen. „Vielleicht lebt er schon längst mit einer anderen zusammen," sagt sie.

In den kommenden Tagen werden die verfallenen Gräber der deutschen Kriegsgefangenen durch unsere Arbeitsbrigade in Ordnung gebracht und mit Nummerntafeln versehen. Wir kommen auf etwa 200 Grabstellen. Während unsere Männer auf dem Friedhof ihrer Arbeit nachgehen, besteht meine Aufgabe darin, für ihre Verpflegung zu sorgen und für sie am Morgen, Mittag und Abend die Suppe zu kochen. Dafür steht mir der Herd der Hausfrau zur Verfügung. Ihre beiden Kleinkinder sind ständig um mich herum und ich beschäftige mich in meiner Freizeit mit ihnen. Vor allem male ich für sie etliche kleine Bilder. So entsteht auch ein schönes Bild vom Nikolaus, das ihr helles Entzücken hervorruft. „Das ist Väterchen Frost," rufen sie voller Freude. Als wir uns nach beendetem Einsatz für die Rückfahrt rüsten, ist es mir fast wehmütig ums Herz.

Am 16. Dezember fahren wir zurück nach Krasnodar ins Lager 15. Wir spüren schon am Lagertor eine andere Atmosphäre als zuvor. Die Kommission aus Moskau ist jetzt weg. Als wir ins Lager kommen, wird uns gesagt: „Nun geht es endgültig nach Hause!" Ich traue aber dem Frieden noch nicht ganz. Doch wir brauchen nun nicht mehr zur Arbeit und werden am 20. Dezember barackenweise zum Empfang der Heimkehrerkleidung geführt. Wir marschieren alle vor der Kammer auf, bekommen neue Unterkleidung, ein Handtuch, eine neue Wattejacke und Pelzmütze verpaßt und dann warten wir der Dinge, die da kommen sollen.

Am nächsten Vormittag werden wir zum letzten Mal zu einer Vollversammlung in den großen Kulturraum des Lagers befohlen. Ein russischer Major erscheint und behauptet, daß es für uns eine große Ehre sein müsse, am heutigen Geburtstag des großen Väterchen Stalin in die Heimat entlassen zu werden. Er fordert uns auf, daß wir uns in Deutschland dem Kampf der fortschrittlichen Kräfte anschließen und nur die Wahrheit über die Sowjetunion berichten sollten. Darauf schallt ihm ein vielstimmiges „Ja, das werden wir!" entgegen. Er merkt anscheinend nicht die Ironie unseres Zurufes und wünscht uns zum Abschluß eine gute Heimkehr.

Beim Verlassen der Kulturbaracke wird mir deutlich, daß dieser sympathische Offizier, der eben zu uns gesprochen hat, genau so auf Gedeih und Verderb an das Sowjetsystem ausgeliefert ist, wie wir es unter Hitler an das unsrige waren.

Am 21. Dezember steht am Nachmittag fast die gesamte Lagergemeinschaft des Lagers 15 in Krasnodar zum Heimtransport angetreten. Uns ist bekannt, daß keine Bücher, Schriften, Briefe oder beschriebene und bedruckte Blätter mitgenommen werden dürfen. Ich frage mich, was soll dann aus meinem Neuen Testament, den Gedichten, Zeichnungen und Tagebuchaufzeichnungen werden? Kurz vor dem Abmarsch entdecke ich den Dolmetscher W. und frage ihn, ob ich nicht in die Heimat mitnehmen darf, was mir in den vergangenen Jahren lieb und wert geworden ist. Er antwortet nur: „Sie können es ja versuchen." Ich bin ihm dankbar für dieses Wort und habe nun die Hoffnung, meine kleinen Habseligkeiten nach Deutschland durchzubringen. Nachdem wir noch einmal Essen gefaßt haben, setzt sich der lange Marschblock der Heimkehrer in Richtung Bahnhof in Bewegung. Im letzten Moment hat man noch einige Kameraden zurückbehalten, die nun tränenden Auges leichenblaß hinter dem Stacheldraht stehen und uns nachwinken. Unter ihnen befindet sich jemand, den ich noch vom Hungerhospital in Paschkowskaja kenne. Selbst die russischen Straßenpassanten winken uns zu und wünschen gute Heimfahrt.

In uns will aber keine richtige Freude aufkommen, weil wir an die vielen Kameraden denken, die noch hinter Lagerzäunen und Gefängnismauern verbleiben. Einige sagen auch: „Wir sind noch nicht über der Grenze!" Sie wollen daran erinnern, daß oft einzelne Heimkehrer aus den Zügen herausgeholt und zurückgeschickt worden sind.

Am Bahnhof steigen wir in die bereitgestellten Güterwaggons, die mit heizbaren Öfen versehen sind. Sonst ist alles wie bei der Hinfahrt in die Gefangenschaft im Sommer 1945. Ich liege mit der einen Hälfte der Belegschaft unten auf dem Boden. Die anderen lagern über uns auf zusätzlich eingezogenen Brettern. Der Zug setzt sich erst am nächsten Morgen in Bewegung und ohne weiteren Verzug erreichen wir Rostow am Don. Am 23. Dezember durchfahren wir Stalino und halten am 24. Dezember vor Poltawa. Die Männer wandern vor den Waggons auf und ab. Ihre Gedanken gehen in die Heimat, wo sich ihre Angehörigen jetzt auf den Heiligabend vorbereiten. Plötzlich steht Rudi, mein schlesischer Landsmann, vor mir. Ihm bin ich ja erstmals im Hafenlager Noworossijsk begegnet. Er hat es dort sehr schwer gehabt, weil er nie seinen christlichen Glauben verleugnete. Deshalb hat er auch im Karzer gesessen. Wir alle wußten, daß er nach seiner Heimkehr katholische Theologie studieren würde. Nun kommt er auf mich zu und bittet mich, gemeinsam mit ihm für die Männer eine kurze Weihnachtsfeier zu halten. Ich gehe freudig darauf ein.

Viele Kameraden haben sich schon in und vor seinem Waggon versammelt. Wir stellen uns am Eingang auf. Es empfängt uns eine erwartungsvolle Stille. Rudi stimmt zuerst das Lutherlied „Vom Himmel hoch, da komm ich her" an. Ich freue mich, daß gerade er als katholischer Christ diesen Choral kennt. Dann singen wir die nächsten Strophen „Euch ist ein Kindlein heut geborn, von einer Jungfrau auserkorn..." und auch „Es ist der Herr Christ unser Gott, der will euch führ'n aus aller Not... ." Dann lese ich aus meinem Neuen Testament die Weihnachtsgeschichte aus dem Lukasevangelium Kapitel 2: „Es begab sich aber zu der Zeit, daß ein Gebot von dem Kaiser Augustus ausging... ."

Die Männer lauschen andächtig der altvertrauten Botschaft. Danach ergreift Rudi das Wort und sagt uns, daß wir allen Grund hätten, in die verkündete Weihnachtsfreude einzustimmen. Wir sollten Gott aufrichtig danken für die jetzt bevorstehende Befreiung aus langjähriger Gefangenschaft. Ich merke, daß seine Ausführungen vielen Zuhörern zu Herzen gehen. Wir singen noch einige vertraute Weihnachtslieder bis der Pfiff der Lokomotive zur Eile mahnt. Im Laufschritt begebe ich mich zu meinem Waggon. Gleich darauf setzt sich der Zug in Bewegung zur Fahrt in die Heimat.

Während die Räder im ratternden Takt durch die ukrainische Winternacht rollen, sind plötzlich einige meiner Kameraden auf die Idee gekommen, Zoten zu reißen und Witze zu erzählen. Ich stehe noch ganz unter dem Eindruck der weihnachtlichen Andacht und bin zutiefst traurig über den weiteren Verlauf des Heiligen Abends in unserem Waggon. Es ist mir unbegreiflich, daß Männer auf dem Heimweg aus jahrelangem Elend nichts Besseres zu tun wissen, als das traurige Erbe des deutschen Kommisses auf diese Art nach Hause hinüberzuretten. Ich habe noch die hohen und heiligen Versprechungen derer im Ohr, die da sagten: „Wenn ich erst die Heimat wiedersehen darf, dann soll mein Leben ganz von vorn anfangen!" Bei den Heimkehrern, mit denen ich fahre, habe ich allerdings den Eindruck, daß alles beim Alten bleiben wird.

Am ersten Weihnachtsfeiertag halten wir vor Kiew. In strahlendem Sonnenschein erheben sich die kuppelgekrönten Klöster und Kathedralen über dem Dnjepr. Doch wir fahren weiter und stehen am 27. Dezember vor Brest-Litowsk. Hier soll nun unsere letzte Kontrolle erfolgen und danach wird unsere Fahrt nicht mehr auf russischer Breitspur, sondern auf europäischer Normalspur weitergehen.

Wir warten ungeduldig auf unsere Abfertigung. Doch der Grenzort ist mit Heimkehrertransporten vollgestopft. Aus allen Teilen der Sowjetunion sind die Entlassungszüge hier zusammengetroffen und stehen nun neben- und hintereinander auf den Gleisen. Ich habe mich mit einer heftigen Erkältung ganz in unseren Waggon zurückgezogen, nachdem ich noch an den ersten Transporttagen im Küchenabteil mitgewirkt hatte. Merkwürdigerweise hat es bis jetzt noch nicht geschneit. Auf der ganzen Fahrt vom Kuban durch die Ukraine und Weißrußland haben wir keinen Schnee zu sehen bekommen. Doch am letzten Tag des alten Jahres hält der Winter richtig seinen Einzug. Am Silvesterabend stapften wir durch hohen Schnee zur Kontrollbaracke.

Bereits in den vergangenen Tagen waren meine Gedanken immer wieder um diese Kontrolle gekreist. Ich hatte schon zur Vorsorge meine Tagebuchaufzeichnungen und Gedichte auf hauchdünnes Zigarettenpapier geschrieben und auf dem Boden einer Zahnputzpulverschachtel versteckt. Meine Zeichnungen und die anderen schriftlichen Arbeiten wollte ich jedoch offen vorlegen. Auf dem Wege zu meiner letzten „Filzung" kommt mir plötzlich der Gedanke, das Neue Testament nicht mitzunehmen. Ich verstecke es unbemerkt zwischen der Federung eines Eisenbahnwaggons in der Hoffnung, das Büchlein nachher wiederzufinden. Wir werden nun auf einer Seite in die Kontrollbaracke geführt und verlassen sie auf der anderen Seite wieder. Das letzte Mal stehe ich nackt als Gefangener vor den Kontrolleuren. Ich bitte den Posten, meine Aufzeichnungen mitnehmen zu dürfen. Es wird mir aber alles abgenommen, nur nicht die unverdächtige Zahnputzpulverschachtel. Als ich auf dem Rückweg mein Neues Testament wiederfinde, mache ich mir zuerst Vorwürfe, nicht auch die anderen Dinge dort versteckt zu haben. Doch bald überwiegt in mir die Freude, daß die wichtigsten Aufzeichnungen und das mir von Kamerad Willy anvertraute Neue Testament hindurchgerettet sind.

Am Neujahrsmorgen des Jahres 1950 werden unsere Waggons verschlossen und wir rollen über die weißrussisch-polnische Grenze. Nach einiger Zeit öffnet man die Wagen wieder und wir fahren Deutschland entgegen. Bei einem Zwischenaufenthalt unterwegs begegnet mir Rudi. Ich frage ihn, ob er eine Entlassung in seine oberschlesische Heimat anstrebt. Er antwortet mir: „Nein, das werde ich nicht tun. Ich fahre nach Westdeutschland und gehe dort in ein Kloster."

Entlassung

Im Morgengrauen des 4. Januar 1950 rollt unser Zug über die Brücke in Frankfurt an der Oder. Ich schaue auf den Strom meiner Kindheit und weiß, daß in südlicher Richtung meine Heimatstadt Breslau liegt. Kindheit und Heimat liegen nun hinter mir, in gleicher Weise fern und unerreichbar. Ebenso haben auch die Jahre des Leides jetzt ein Ende. Aber wie wird es für mich wohl weitergehen?

Nach der Einfahrt in den Frankfurter Bahnhof werden wir ausgeladen. Auf dem Bahnsteig wimmelt es von Rotarmisten. Deutsche Eisenbahner treten an uns heran und betteln um Zigaretten und andere Dinge. Am Mittag marschieren wir in langen Kolonnen zur Hornkaserne und am Abend noch weiter nach Gronenfelde ins Entlassungslager. Auf diesem Weg sehen wir, wie Frauen im Trümmerfeld der Stadt Schutt karren und schwere Eisenbahnschwellen tragen. Seltsam berührt zeigen sich die Gesichter unserer Männer. So hatten wir uns die Heimkehr nicht vorgestellt.

In Gronenfelde werden nach Abschluß der Entlassungsformalitäten die Heimkehrerzüge in die einzelnen deutschen Regionen zusammengestellt. Ich werde zu meinen Verwandten ins Emsland fahren. Auch die meisten meiner Kameraden brechen in Richtung Westen auf. Als ein SED-Funktionär erscheint, um uns zu verabschieden, herrscht eisiges Schweigen. Er möchte uns an die Verpflichtung erinnern, in Westdeutschland aktiv gegen jede ausländische Versklavung und Kolonialherrschaft zu kämpfen.

Am Morgen des 5. Januar 1950 marschieren wir unter den Klängen der DDR-Nationalhymne zu den bereitstehenden Personenzügen und können gegen 9 Uhr die Fahrt fortsetzen. Bei einem kurzen Aufenthalt in Cottbus werden wir auf dem Bahnsteig sofort von Kindern umringt und erleben erschütternde Momente. „Onkel, haben Sie Brot? Onkel, geben Sie mir auch einen Bonbon?" So oder ähnlich tönt es immer wieder an unsere Ohren. Wir geben ihnen von unserer Marschverpflegung so gut wir es können.

Der Zug fährt dann weiter über Finsterwalde, Torgau, Halle, Eisleben und Nordhausen bis nach Heiligenstadt. Überall sehen wir dasselbe Bild: Kinder und auch Jugendliche, die uns um Brot und Zigaretten anflehen. In den Orten, die wir durchfahren, erblicken wir eingezäunte Wohnviertel, die von der Roten Armee beschlagnahmt worden sind. Auf dem letzten Streckenabschnitt bekommen wir endlich auch richtiges deutsches Essen mit Brot, Butter und Wurst. An fast allen Bahnhöfen nimmt sich die Evangelische Bahnhofsmission unserer Männer an. Nachdem wir am Abend Heiligenstadt erreicht haben, erfolgt die Unterbringung in den leeren Klassenräumen einer ehemaligen Schule. In der Frühe des 6. Januar verlassen wir diese Herberge und begeben uns in langer Kolonne zu Fuß zur

Grenzstation. Einheimische Zivilisten begleiten uns den langen Weg zur Grenze. Sie karren in Handwagen die Koffer und Rucksäcke älterer Kameraden.

Bislang ist bei uns auf dem weiten Weg aus der Gefangenschaft noch keine fröhliche Heimkehrerstimmung aufgekommen. Das ändert sich jedoch schlagartig beim Passieren der früheren britischen Zonengrenze. Am „Eisernen Vorhang" müssen wir noch eine Weile warten, während die Zivilisten zurückgeschickt werden. Dann aber geht der östliche Schlagbaum hoch, bewacht von Grenzsoldaten der Sowjetarmee. Sie machen erstaunte Gesichter, als unsere Männer über die Grenzlinie marschieren und wie auf Kommando ihre Pelzmützen ins Geäst der Bäume schleudern. Wir sehen noch einmal auf unsere ehemaligen Bewacher zurück und gewahren vor uns eine britische Flagge, die uns wie das Zeichen aus einer anderen Welt entgegenweht. Noch an der Grenze begrüßen uns Rote-Kreuz-Schwestern und versorgen uns geradezu märchenhaft mit Kakao, Weißbrot, Butter und Wurst. Danach steigen wir in bereitstehende Omnibusse, die uns ins westdeutsche Entlassungslager Friedland bringen. Dort werden wir sehr herzlich empfangen und die nachfolgende Registrierung läuft schnell und reibungslos ab. Der Suchdienst für vermißte Wehrmachtsangehörige fragt uns nach verstorbenen oder zurückgebliebenen Kameraden. Ich gebe bereitwillig Auskunft. Unangenehm berührt mich das Auftreten eines Agenten des britischen Geheimdienstes, der sich bemüht, mich über kriegswichtige Objekte während meiner Lagerarbeit auszufragen, zum Beispiel über das von uns erbaute Wasserkraftwerk in Krasnaja Poljana. Ich antworte diesem geschniegelten und gebügelten Herrn mit der Frage: „Es soll wohl wieder losgehen?" Mit zornigen Blicken entläßt er mich.

Ein Gerücht macht im Lager Friedland seine Runde. Es wird erzählt, daß ein Transport ehemaliger Angehöriger der Waffen-SS durchgeschleust worden sei. Sie wären elegant eingekleidet gewesen und hätten verlangt, sofort in ihre Heimatorte weitergeschickt zu werden. Es hätte sich herausgestellt, daß sie auf einer Moskauer Antifa-Schule in langjähriger Erziehungsarbeit zu überzeugten Kommunisten umgeschult worden sind.

Am Abend des 6. Januar fährt mich der Zug weiter in Richtung Emsland. Im Lager Friedland hatte ich meinen alten Holzkoffer gegen einen Zivilkoffer eingetauscht und von irgendwelchen lieben Menschen ein Weihnachtspäckchen bekommen. Es enthält für mich am Anfang einer mitteleuropäischen Lebensweise unter anderem eine Krawatte und einen Rasierapparat. Schade, daß ich mich nicht persönlich bei den unbekannten Spendern bedanken kann.

Als wir zu später Nachtstunde in den Bahnhof Paderborn einlaufen, ist der Bahnsteig voller Leute. Sie winken uns zu und heißen uns willkommen. Junge Mädchen stehen in Gruppen und lachen uns entgegen. Wir hören die Klänge einer Musikkapelle. Kaum hält der Zug, da kommen auch schon christliche Schwestern, die uns mit Bohnenkaffee und belegten Broten bewirten und kleine Geschenke überreichen. Als sich der erste Begeisterungssturm gelegt hat, werden wir aus einem Lautsprecher begrüßt. Ein katholischer Bischof heißt uns in einer kurzen Ansprache herzlich willkommen. Ein Posaunenchor bläst den Choral „Großer Gott, wir loben dich", daß es hoch in den Nachthimmel schallt. Heimkehrer und Zivilisten singen ergriffen mit. Nachher spielen die Bläser noch ein paar flotte Weisen, zu denen junge Mädchen mit unseren Heimkehrern auf dem Bahnsteig tanzen, bis sich der Zug wieder in Bewegung setzt. Ich stehe tränendes Auges am Fenster meines Abteils und empfinde ein unbeschreibliches Gefühl der Freude und Dankbarkeit.

Der grauende Morgen des 7. Januar sieht mich auf der Fahrt durch das Emsland. Hier, in Lingen an der Ems, erwarten mich meine nächsten Angehörigen. Am frühen Vormittag stehe ich auf dem Bahnhofsvorplatz dieser Kleinstadt. Den Koffer habe ich abgesetzt. Ich merke, daß meine Heimkehrergestalt mit Wattejacke, Russenhose und feldgrauer Soldatenmütze nicht so recht in die neue Umgebung passen will. Deutlicher als je zuvor spüre ich den Unterschied zweier Welten, der Welt, die vor mir liegt und jener Welt, aus der ich soeben angekommen bin.

Beim Wiedersehen mit meinen Verwandten begreife ich, daß die vergangenen Jahre wie eine Mauer zwischen uns stehen. Ich werde immer wieder gebeten, aus der Gefangenschaft zu erzählen – und ich kann es nicht.

Am darauffolgenden 8. Januar, an einem Sonntagabend, soll ein weihnachtliches Konzert in der evangelisch-lutherischen Kirche zu Lingen an der Ems stattfinden. Schon lange vor Beginn sitzt einsam ein Rußlandheimkehrer im hintersten Winkel des Gotteshauses. Er hat seit Jahr und Tag einen solchen Raum nicht mehr betreten. Er hört heute seit langer, langer Zeit wieder einmal Glocken läuten. Langsam füllt sich das Kirchenschiff. Der Heimkehrer nimmt gierig alle Eindrücke in sich auf, als erlebte er das alles zum ersten Mal in seinem Leben: das schimmernde Kruzifix auf dem Altar, die flackernden Kerzen auf glänzenden Leuchtern und die heimliche Stille, die hier und da von gedämpften Geräuschen durchbrochen wird. Sein Blick umfaßt das dunkle Gestühl genauso wie das matte Weiß und Gold der Empore. Nach einiger Zeit werden die Kerzen an den Weihnachtsbäumen seitlich vom Altar entzündet. Die Kirche erstrahlt in festlichem Glanz. In gesammelter Erwartung leuchten die Gesichter der Besucher aus dem Dunkel. Dann ist es soweit. Der volle Chor setzt ein. Er wird vom Orchester verstärkt und gewaltig braust es durch das hohe Kirchenschiff, so daß die Fenster erzittern. „Vom Himmel hoch, da komm ich her, ich bring euch gute neue Mär. Der guten Mär bring ich soviel, davon ich sing und sagen will". Die Bänke vibrieren vom Schall der Posaunen und vom Dröhnen der Pauke. In mir ist es jedoch ganz still geworden, still, wie auf dem Grunde eines Sees. Ich bin nicht mehr in der Kirche, sondern erlebe mich wieder da drüben, woher ich gekommen bin.

Meine Gedanken sind bei denen, die noch hinter Stacheldraht sind. Ich sehe mich wieder mit Rudi im Waggon vor Poltawa. Ich höre wieder meine eigene Stimme: „Es begab sich aber zu der Zeit..." Dann gehe ich mit meinen Gedanken noch weiter zurück ins Leid und Elend der Vergangenheit. Ich weiß nicht, was um mich vor sich geht, was weiter musiziert und gesungen wird. Ich bin wieder ganz da drüben.

Die lang anhaltende Stille am Schluß der Stunde reißt mich in die Wirklichkeit zurück. Als wir uns zum Vaterunser erheben, wird es mir bewußt, daß die Kirche meine neue und künftige Heimat sein und bleiben wird.

Zehn Jahre später

Die Kirche ist mir Heimat geblieben. Jetzt, da ich diesen Bericht niedergeschrieben habe, sind mehr als zehn Jahre seit meiner Heimkehr aus russischer Gefangenschaft vergangen. Ich bin dankbar dafür, daß die Erlebnisse meiner schweren Jahre für mich nicht vergebens gewesen sind. Ich werde niemals sagen können, jene Jahre wären umsonst gelebt. Sie sind für den, der sie aus Gottes Hand genommen hat, niemals umsonst gewesen. Die Erfahrungen, die ich dort in Rußland mit meinem Gott und meinen Mitmenschen gemacht habe, möchte ich nicht missen. Sie haben mich innerlich stark und fest gemacht und zu dem Entschluß geführt, nunmehr als Christ meinen Weg zu gehen. Als im Hafenlager Noworossijsk der Glaube an Jesus Christus in mir zu keimen begann, war meinem künftigen Lebensweg bereits die Richtung gewiesen. Zwar wußte ich noch nicht, daß ich später einmal ganz im Dienst der Kirche stehen würde. Daß ich aber mein weiteres Leben auf christlicher Grundlage aufbauen würde, war mir damals schon bewußt.

So sind auch meine späteren Entscheidungen in folgerichtiger Weise aus jener ersten grundlegenden Entscheidung gewachsen und nur so zu verstehen. Wenn ich daher im Frühjahr 1950 den Entschluß faßte, meinen erlernten Beruf des Technischen Zeichners aufzugeben, um mich auf den Beruf eines evangelischen Predigers und Seelsorgers vorzubereiten, so war dies ein Ereignis, das einfach kommen mußte. – Ich hatte zwar nach meiner Heimkehr noch nicht den Gedanken gehegt, das Reißbrett mit der Kanzel zu vertauschen, sondern hatte mich meiner alten Firma, der AEG, zur Verfügung gestellt. Zu dem Entschluß, den neuen Berufsweg einzuschlagen, bin ich erst nach mehreren Wochen reiflicher Überlegung gekommen. Anlaß dazu war ein Brief, den mir mein Wittenberger Kamerad Willy nach Lingen geschickt hatte. Willy war bereits im April 1948 heimgekehrt, und ich hatte mit ihm in der Zeit meiner weiteren Gefangenschaft in Postverbindung gestanden. Nun war es sein erster Brief, den er mir zur glücklich erfolgten Heimkehr sandte. Er gab darin seiner großen Freude Ausdruck, die ihn beim Erhalt meiner Heimkehrnachricht bewegte. Zum Schluß aber riet er mir, das neugeschenkte Leben in der Heimat nun ganz in den Dienst Gottes und der Menschen zu stellen und meinen bisherigen Beruf aufzugeben.

Für mich war dieser Rat eine Zumutung. Ich hatte ja bereits einen guten und gesicherten Broterwerb und von daher keine Veranlassung, mich nach einem neuen und dazu schlechter bezahlten umzusehen. Andererseits war ich mir völlig im klaren, daß die Geldfrage bei meinen kommenden Entscheidungen nicht den Ausschlag geben dürfte. Die Gefangenschaftsjahre hatten mir bewiesen, wie zweitrangig die Rolle des Geldes mitunter sein kann. Wir sind doch hinter Stacheldraht gezwungen gewesen, jahrelang ohne eine Kopeke in der Tasche zu leben! Und das war möglich! Wir haben damals auch gelernt, daß eine dicke Brieftasche niemals die Gesundheit eines Menschen oder seine geistige Schaffenskraft ersetzen kann. Von diesen Überlegungen her war es mir nicht allzu schwer, meine Entscheidung für den angeratenen Berufswechsel zu fällen.

Viel schwerwiegender wurde für mich ein Gedanke, zu dem ich durch einen Brief des Berliner Kameraden Hans angeregt wurde. Dieser schrieb nämlich: „Warum mußt Du, um christlich zu leben, gleich Pfarrer werden? Kannst Du nicht auch in Deinem alten Beruf als Christ Deinen Mann stehen?"

Ich habe damals meinen Freund Hans nicht verstanden. Im stillen hatte ich es ihm verübelt, daß er mich in meinem Entschluß wankend zu machen versuchte. Heute weiß ich, daß er mir gar nicht grundsätzlich abraten, sondern mich nur auf die große und schwere Verantwortung hinweisen wollte, die mir aus solch einem Schritt entstehen würde.

Heute bin ich ihm dankbar für seinen Hinweis und werde selber jeden Menschen, der seine Lebensaufgabe im Dienst der Kirche sehen möchte, auf die Tragweite eines solchen Entschlusses hinweisen.

Kamerad Hans machte mich aber auch noch auf ein schwieriges Kapitel im kirchlichen Bereich aufmerksam. Er wies mich darauf hin, daß immer wieder Menschen gerade von Vertretern der Kirche bitter enttäuscht worden sind. Er bat mich, in allem Ernst zu überdenken, ob ich auch ein solcher „Kirchenvertreter" werden wolle. Ich habe damals noch nicht begriffen, was Hans damit meinte. Nun aber habe ich in den letzten Jahren die Kirche kennengelernt, wie sie eben nur einer kennenlernen kann, der mitten in ihr steht. Sie ist mir begegnet in ihrer Schwäche und Erbarmungswürdigkeit, in mancherlei Hochmut und kümmerlichem Versagen. Ich habe sie mitunter erlebt in Lieblosigkeit und Unchristlichkeit, die einen Menschen bis hin zum Kirchenaustritt bringen können. Ich habe unter dieser Kirche manchmal regelrecht gelitten und bin doch bei ihr geblieben. – Warum eigentlich? Vielleicht, weil ich in ihr das Spiegelbild meiner eigenen Schwäche und Erbarmungswürdigkeit, meines eigenen Hochmutes und Versagens und meiner eigenen Lieblosigkeit und Unchristlichkeit erkannt habe? Jedenfalls habe ich erfahren, daß es nicht darum geht, mir eine Idealvorstellung von „der Kirche" oder „dem Christentum" zu schaffen.Bin ich doch ohne mein Zutun in diese oft fragwürdige Kirche hineingetauft worden und habe mich dann, nach dem Erlebnis der Kriegsgefangenschaft, klar und bewußt zu ihr bekannt. Verließe ich sie heute, so würde ich mich völlig aufgeben.

Die Kirche ist mir also zur Heimat geworden und bis zum heutigen Tage geblieben. Ich habe in ihr meinen Platz und eine Geborgenheit gefunden, die der Mensch braucht, um nicht wurzellos auf dieser Erde umhergetrieben zu werden. Ich bin nun überall, wo mir das Christuskreuz begegnet, daheim.

Hakenkreuz und Siegrune sind zerbrochen. Sie haben uns als deutsches Volk in den Zusammenbruch geführt, dessen Folgen wir jetzt noch spüren. Bleiben aber werden Kirche und Kreuz als Hinweis auf das ewige Reich der Liebe Gottes.

Wenn es die Menschen nur sehen und begreifen möchten, daß die Kreuze auf unseren Kirchen und Gräbern nicht Sinnbilder für die Macht des Todes und Verderbens sind, sondern Symbole des ewigen Lebens! Das Christusevangelium will uns doch sagen: Am Kreuz auf Golgatha haben nicht Haß, Finsternis und Tod gesiegt, sondern Liebe, Licht und Leben. An Gottes Liebe teilzuhaben und in ihr zu leben, ist die eigentliche Bestimmung eines jeden Menschen. Dieses der Menschheit zu allen Zeiten und an allen Orten zu sagen, ist Auftrag der Kirche. Sie wird diesen Auftrag auszuführen haben, ob es den Menschen paßt oder nicht. Sie wird daher in der einen oder anderen Form immer unter dem Schutz Gottes stehen. Immer wieder sind jene, die ihr den Untergang verkündet haben, schmählich untergegangen.

Es ist der Kirche verheißen, daß sie bewahrt bleiben wird bis ans Ende der Zeiten. An dieser Kirche teilzuhaben, ist für mich letzte und eigentliche Erfüllung meines Lebens.

Schloß Schwanberg, August 1960

Annemarie Lüdicke

Vergessene Schicksale

Festnahmen in Mitteldeutschland 1945-1961

In den letzten zehn Jahren versuchte die Autorin Annemarie Lüdicke vergeblich, das Schicksal ihres Vaters Gerhard Lüdicke aufzuklären, der Ende April 1945 spurlos ver- schwand. Bei ihren Recherchen stieß sie auf die vielen Lager und Haftanstalten in Mitteldeutschland, in denen nach der Kapitulation 1945 jahrelang ohne Gerichts- urteil Zivil- und Militärpersonen interniert wurden und deren Existenz sie bereits als Kind sehr bewegt hatte: Viele der Festge- nommenen kamen um, ohne dass ihre Angehörigen jemals etwas über ihr Schicksal erfuhren.

In deutschen Archiven suchte man lange vergeblich nach Spuren dieser Lager, viele Unterlagen wurden bei Gründung der DDR auf russischen Befehl vernichtet. Betroffene durften unter Gefahr erneuter Verhaftung nicht über die Lagererfahrungen sprechen. Manche Überlebende wollten die schrecklichen Erlebnisse auch verdrängen. Der Tod zehntausender Menschen wurde deshalb vergessen.

Der Autorin geht es darum, am Beispiel des Kreises Anhalt-Zerbst darzustellen, wie die Festnahmen die Bevölkerung in Mitteldeutschland trafen und welche Berufsgruppen besonders ins Visier des NKWD gerieten. Außer verbliebenen deutschen Akten und russischen Archivun- terlagen, die neu nach Deutschland kamen, benutzte sie deshalb umfang- reiche Befragungen von Zeitzeugen zu ihrem Heimatkreis und kann so an Einzelschicksalen das Geschehen verdeutlichen. Das Ergebnis ist eine erschütternde Dokumentation, wie sie in dieser Form in Deutschland ihresgleichen sucht.

228 Seiten, 15,50 Euro; ISBN 3-9807104-8-3.
Bestellungen an: Extrapost – Verlag für Heimatliteratur,
Postf. 1219, 39252 Zerbst, Tel./Fax 03923-61477
e-mail: extrapost_zerbst@gmx.de www.extrapost.de.vu